ジーン・ウェブスター 作

あしながおじさん

谷川俊太郎 訳

安野光雅 絵

朝日出版社

まえがき

のっぽのひょろ長い手足の、もうそんなに若くなさそうな、まるでアシナガグモみたいな男と、この話の主人公、作文が上手な十七歳のみなしごジルーシャとの関係には、お金と手紙が大きな役割を果たしています。ジルーシャが〈あしながおじさん〉とあだ名をつけたその男が大金持ちじゃなかったら、そして毎月ジルーシャの書くのが型通りのお礼の手紙に過ぎなかったら、ハッピーエンドに違いないと思いながらも、読み始めたら止まらないこのスリリングな物語は、決して成立しなかったでしょう。

私は若いころお金持ちになりたいとは思っていませんでしたが、恋人に何かプレゼントするとき、値段を気にせずにそのひとにふさわしいものが買えるといいなとは思っていました。その点お坊ちゃんのあしながおじさんの、ジルーシャに対するプレゼント攻勢はちょっとやり過ぎだと思いますね。

昔の話ですが、毎日のように手紙をくれる女性がいました。身近に起こる日々のあれこれを面白おかしく報告するような手紙で、全くラブレターではなかったのですが、その手紙のおかげで私は彼女が好きになって、結婚までしたのですから、あしながおじさんの気持ちはよく分かります。

ちなみにアシナガグモは、クモとは思えない愛嬌のあるクモで、私は子どものころ浅間山麓の夏の家でおなじみでした。

二〇一八年一〇月

谷川俊太郎

もくじ

ゆううつな水曜日《すいようび》

まい月《つき》の第《だい》一水曜日《すいようび》はまったくいかさない日《ひ》、待《ま》ってるあいだはびくびくし、その日《ひ》がくればがまんにがまん、おわればさっさとわすれてしまう――そんな日《ひ》だった。

床《ゆか》はどこもかしこもしみひとつなく、いすはどれもこれもごみひとつなく、ベッドはぜんぶしわひとつなく、九十七人《にん》のさわぎまわるちびのみなしごたちを、ごしごし洗《あら》って、髪《かみ》をとかして、ごわごわのギンガムの洋服《ようふく》のなかにきちんとボタンでとじこめて、おまけにその九十七人《にん》みんなにおぎょうぎってものを思《おも》いださせ、理事《りじ》さんがなにかいったら、「はい、そうです。」「いいえ、ちがいます。」といわせなければならないのだった。

泣《な》きたくなるようないっときだった。そしてかわいそうにジルーシャ・アボットは、みなしごのうちのいちばん年上《としうえ》だったので、風《かぜ》あたりももっとも強《つよ》かった。けれどそのきょうも、いままでの第《だい》一水曜日《すいようび》とおなじように、やっとこさおわりに近《ちか》づいていた。ジルーシャは孤児院《こじいん》のお客《きゃく》のためのサンドイッチをつくっていた台所《だいどころ》からぬけだして、いつものしごとをかたづけてしまおうと二階《かい》へあがっていった。かの女の受《う》けもちはルームFで、そこでは四つから七つまでの十一人《にん》のちびどもが、ずらりと十一の小《ちい》さなベッドを占領《せんりょう》していた。ジルーシャはそのやっかい者《もの》たちを集合《しゅうごう》させ、しわくちゃの上着《うわぎ》をのばしてやり、鼻《はな》をかんでやり、うずうずしてるかれらをちゃんと一列《れつ》にならべ、食堂《しょくどう》へと出発《しゅっぱつ》させた。そこではパンとミルクとプラム・プディングのたのしい三十分《ぷん》がまってるのだった。

それがすむと、かの女《じょ》は窓《まど》ぎわにどっこいしょと腰《こし》をおろし、ずきずきするこめかみを冷《つめ》たい窓《まど》ガラスにおしあてた。だれもかれもが用《よう》をいいつけるし、いらいらしてる院長《いんちょう》はのべつしかったりせきたてたりするしで、朝《あさ》の五時《じ》からずっと、すわるひまもなかったのだ。院長《いんちょう》のミセス・リペットは、理事《りじ》や参観《さんかん》にきた金持《かねも》ちのご婦人《ふじん》の前《まえ》でこそおちつきはらって、もったいぶった態度《たいど》をくずさなかったが、かげにまわるとそうでもなかった。ジルーシャは、だだっ広《ぴろ》いこおりついたしばふと、孤児院《こじいん》の境界《きょうかい》をしめす高《たか》い鉄《てつ》さくのむこう、点《てん》てんと別荘《べっそう》のつらなるゆるやかな丘《おか》の起伏《きふく》や、はだかの木々《きぎ》のまんなかにそびえる村《むら》の教会《きょうかい》の尖塔《せんとう》をじっと見《み》つめた。

一日《にち》はおわった——きょうは上出来《じょうでき》だったとかの女《じょ》は思《おも》った。理事《りじ》や委員《いいん》たちはひととおりそちこちを見《み》てまわり、報告書《ほうこくしょ》を読《よ》み、お茶《ちゃ》を飲《の》み、さてまたあとひと月《つき》は、この小《ちい》さなうるさいやっかい者《もの》たちのことをわすれてしまえるとばかりに、たのしい暖炉《だんろ》の待《ま》っているわが家《や》へといそぎはじめていた。孤児院《こじいん》の門《もん》をでてゆく自動車《じどうしゃ》や馬車《ばしゃ》の流《なが》れを、ジルーシャはからだを前《まえ》へのりだして、ものめずらしげに——しかもちょっとあこがれるような悲《かな》しげな顔《かお》つきで——見《み》おろしていた。

おともをつれたそういう馬車《ばしゃ》にのって、丘《おか》の中腹《ちゅうふく》にぽつんと建《た》っている大《おお》きなおやしきにかえってゆく自分《じぶん》を、かの女《じょ》は心《こころ》のなかで想像《そうぞう》した。毛皮《けがわ》のコートを着《き》て、羽根《はね》のふちかざりのついたビロードの帽子《ぼうし》をかぶって、馬車《ばしゃ》の座席《ざせき》にゆったりともたれて、きがるに「かえるわ。」と御者《ぎょしゃ》に上品《じょうひん》な低《ひく》い声《こえ》でいいつけて……けれど、家《いえ》の戸口《とぐち》までくると、その空想《くうそう》はぼやけてしまった。
ジルーシャは、想像力《そうぞうりょく》ってものをもっていた。気《き》をつけないととんでもないことになりますよ、とミセス・リペットはいうのだが、そんなするどい想像力《そうぞうりょく》も、玄関《げんかん》から先《さき》へは役《やく》にたたなかった。元気《げんき》でだいたんなジルーシャだったが、かわいそうにこれまで生《い》きてきた十七年《ねん》のあいだ、まだ一どもふつうの家《いえ》のなかへ足《あし》をふみいれたことがなかったのだ。だからかの女《じょ》は、みなしごたちなんかになやまされずに生《い》きている世間《せけん》の人《ひと》たちの、まい日《にち》の暮《く》らしかたが想像《そうぞう》もつかなかった。

ジールーシャ・アボーット
よんでるよ
事務所《じむしょ》でね
いそいだほうがいいと思《おも》うよ！

聖歌隊《せいかたい》にはいってるトミイ・ディロンが、うたいながら階段《かいだん》をのぼり、廊下《ろうか》をこっちへやってきた。ルームFに近《ちか》づくにしたがって、歌声《うたごえ》が大《おお》きくなる。ジルーシャはしぶしぶ窓《まど》からはなれ、また浮世《うきよ》の苦労《くろう》にむかいあった。
「だれがよんでるの？」ひどく不安《ふあん》そうな声《こえ》で、かの女《じょ》はトミイの歌《うた》をさえぎった。

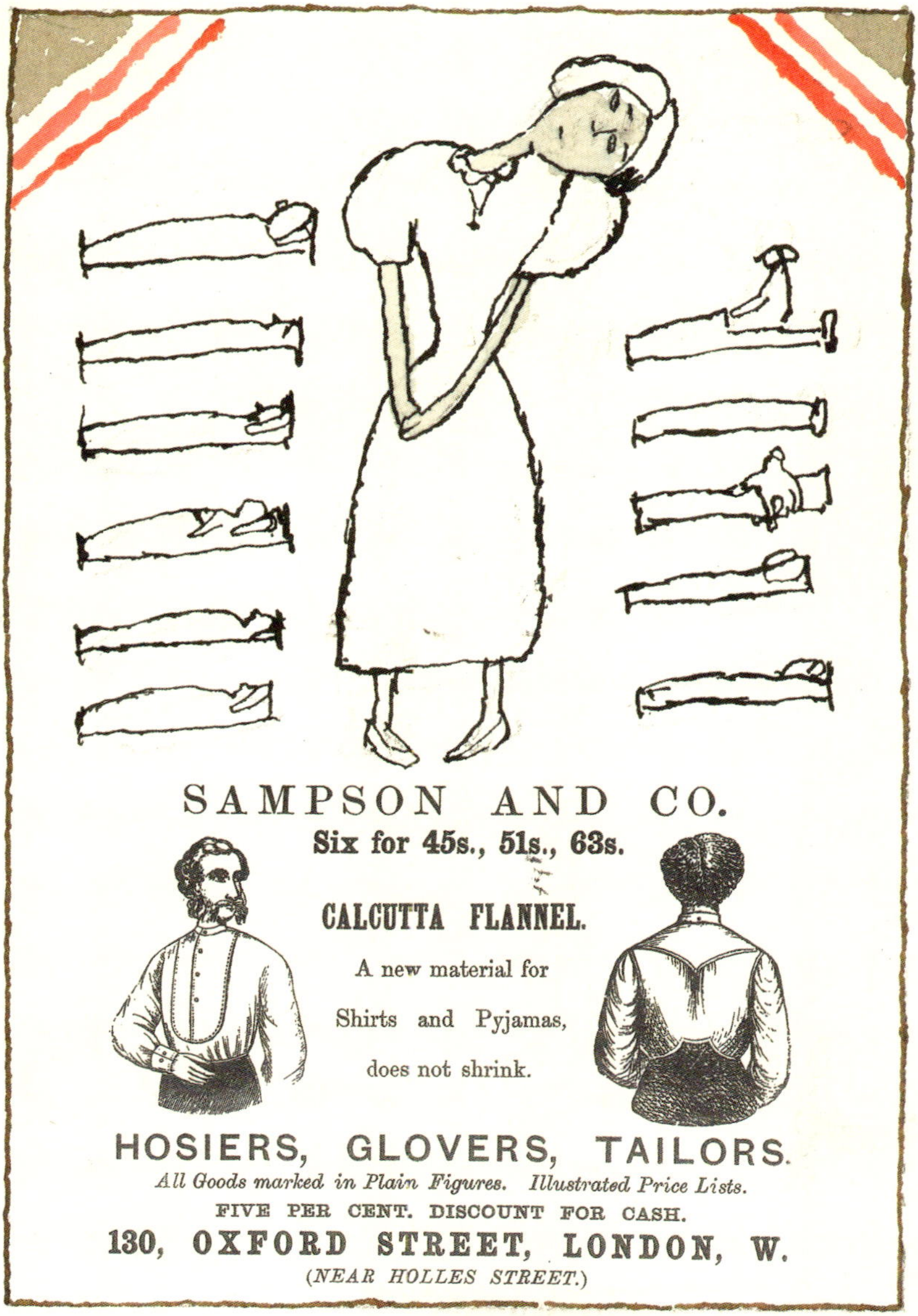
SAMPSON AND CO.
Six for 45s., 51s., 63s.
CALCUTTA FLANNEL.
A new material for
Shirts and Pyjamas,
does not shrink.
HOSIERS, GLOVERS, TAILORS.
All Goods marked in Plain Figures. Illustrated Price Lists.
FIVE PER CENT. DISCOUNT FOR CASH.
130, OXFORD STREET, LONDON, W.
(NEAR HOLLES STREET.)

事務所《じむしょ》のなかにはミセス・リペット
かんしゃくおこしていると思《おも》うよ。
アーメン！

トミイはうやうやしくとなえたが、わる気《ぎ》があるわけではなかった。なにかまちがいをしでかして、ごきげんななめな院長《いんちょう》によびつけられたおねえさんを見《み》ては、どんなひねくれたみなしごだって同情《どうじょう》する。それにトミイは、ときどき腕《うで》をぐいとひっぱられたり、鼻《はな》がもげそうなほど顔《かお》をごしごしこすられたりするけれど、ジルーシャのことがすきだった。

ジルーシャはなにもいわなかったが、おでこに二本《ほん》、平行線《へいこうせん》のしわをよせてでていった。どんなまずいことがあったっていうのかしら、サンドイッチをもっとうすくしなけりゃいけなかった？　クルミのお菓子《かし》にからがまじってた？　スージー・ホーソンのくつ下《した》の穴《あな》が見《み》つかった？　それとも――ああ、考《かんが》えただけでぞっとする――受《う》けもちのルームFの天使《てんし》みたいにむじゃきなおちびさんのだれかが、理事《りじ》さんに「なにか」しちゃったのかしら。

下《した》の長《なが》い廊下《ろうか》には、まだあかりがついていなかった。ジルーシャがおりていったとき、いちばんあとまでのこっていた理事《りじ》がかえろうとして、ひらいた戸口《とぐち》に立《た》っていた。ジルーシャはその男《おとこ》の人《ひと》をちらっと見《み》て、のっぽだなと思《おも》っただけだった。その人《ひと》は待《ま》っている自動車《じどうしゃ》に手《て》をふってあいずした。車《くるま》がうごきだし、ぎらぎらまぶしいヘッドライトが、正面《しょうめん》からいっしゅん、その人《ひと》の影《かげ》を家《いえ》のなかの壁《かべ》にくっきりとなげかけた。床《ゆか》から廊下《ろうか》の壁《かべ》にまでのびたグロテスクなひょろ長《なが》い足《あし》と手《て》、どう見《み》ても大《おお》きなアシナガグモがふわふわしてるのにそっくりだった。

ジルーシャのしかめっつらは、たちまち笑顔《えがお》にかわった。生《う》まれつきお日《ひ》さまみたいな子《こ》だったから、ほんのちょっとしたことでも、おもしろがるのだ。理事《りじ》なんていういかめしいものに、こんな思《おも》いがけないおかしなことがあろうとは！　ジルーシャはこの小《ちい》さな事件《じけん》のおかげですっかりゆかいになり、事務所《じむしょ》にはいってミセス・リペットの前《まえ》に立《た》ってもまだほほえんでいた。ところがおどろいたことに院長《いんちょう》まで、にこにこしてるとまではいかないにしても、すくなくともいくぶんやさしそうだった。お客《きゃく》さんに見《み》せるとっておきの顔《かお》つきだ。

「すわって、ジルーシャ。話《はなし》があります。」

ジルーシャはすぐそばのいすにこしかけて、ちょっと息《いき》をころしてまった。自動車《じどうしゃ》が一台《だい》、窓《まど》にさっと光《ひかり》をなげかけてとおった。ミセス・リペットはちらっとそれを見《み》おくった。

「いまおかえりになったかたを、見《み》ましたか？」

「うしろすがただけ。」

「いまのかたは、理事《りじ》のなかでもいちばんのお金持《かねも》ちのひとりでね、この孤児院《こじいん》にもたくさんお金《かね》をだしてくださってます。お名《な》まえをいうわけにはいきません。名《な》まえはださずにおくようにと、かたくいいつけられていますからね。」

ジルーシャの目《め》が、すこしまるくなった。理事《りじ》の変人《へんじん》ぶりについて話《はな》しあうために事務所《じむしょ》へよばれるなんてことには、なれてなかった。

「ここの男《おとこ》の子《こ》が何人《なんにん》か、あのかたのおせわになってます。チャールス・ベントンや、ヘンリィ・フリーズを知《し》っていますね。ふたりともミスター――ええと――その、いまの理事《りじ》のかたのおかげで大学《カレッジ》にすすむことができました。そしてふたりともいっしょうけんめい勉強《べんきょう》して、いい成績《せいせき》をとって、お金《かね》をたくさんだしていただいたご恩《おん》がえしをしていますよ。あのおかたはそのほかにはなにも要求《ようきゅう》なさらない、そんなかたです。いままでは、あのかたのそういう博愛心《はくあいしん》にみちたおこないの対象《たいしょう》は、男《おとこ》の子《こ》だけにかぎられていました。どんなにできのいい女《おんな》の子《こ》がいても、あのかたの注意《ちゅうい》をひくことはできなかった。まあ、女《おんな》の子《こ》には興味《きょうみ》がないというのでしょうかね。」

「はい。」ジルーシャは口《くち》のなかでいった。なにか返事《へんじ》をしなけりゃいけないような気《き》がしたので。

「きょうの例会《れいかい》で、あんたの将来《しょうらい》が問題《もんだい》になりました。」

ミセス・リペットはそこでちょっと間《ま》をおいた。それから、はっと緊張《きんちょう》したジルーシャの神経《しんけい》をじらすようなのんびりした口調《くちょう》で、ゆっくりと話《はな》しはじめた。

「あんたも知《し》ってるとおり、ふつうは十六になると、子《こ》どもはここをでなくてはなりませんね。けれどあんたの場合《ばあい》はとくべつだった。あんたはここの学校《がっこう》を十四で卒業《そつぎょう》し、その成績《せいせき》がよかったから――おぎょうぎまでよかったとはいわせませんよ――村《むら》の高校《こうこう》へすすませることにしましたね。もうじきそこも卒業《そつぎょう》だけれども、もちろん孤児院《こじいん》としては、もうこれいじょうあんたのせわをする責任《せきにん》はありません。まったくの話《はなし》、ふつうの子《こ》より二年《ねん》も長《なが》くいたんですからね。」

ミセス・リペットは、その二年《ねん》のあいだ、ジルーシャが食《た》べさせてもらうかわりに、いっしょうけんめいはたらいたことや、孤児院《こじいん》のつごうがいつも第一《だいいち》で、ジルーシャの教育《きょういく》は二《に》のつぎだったこと、げんにきょうのような日《ひ》には、ふきそうじのために学校《がっこう》を休《やす》ませられたこと、そんなことはけろりとわすれていた。

「そこでつまり、あんたの将来《しょうらい》が問題《もんだい》になり、あんたのいままでのことが話題《わだい》になりました。なにからなにまでしらべられましたよ。」

ミセス・リペットは、被告席《ひこくせき》にいる囚人《しゅうじん》でも見《み》るような目《め》つきでジルーシャを見《み》た。身《み》におぼえはなかったけれど、囚人《しゅうじん》のほうもやましいような顔《かお》をして見《み》せた。そうするように要求《ようきゅう》されてるような気《き》がしたので。

「いうまでもなく、ふつうなら学校《がっこう》をおえればはたらきにでることになっていますがね。けどあんたはいくつかの課目《かもく》でいい成績《せいせき》をとった。とくに国語《こくご》は優秀《ゆうしゅう》といってもいいくらいらしいですね。こちらの委員《いいん》のプリチャードさんは、学校《がっこう》のほうの委員《いいん》もかねてらっしゃるけれど、あんたの作文《さくぶん》の先生《せんせい》といろいろ話《はな》しあってこられて、きょう、あんたをほめた報告《ほうこく》をしてくだすった。それだけでなく、あんたの〈ゆううつな水曜日《すいようび》〉という作文《さくぶん》を、大《おお》きな声《こえ》で読《よ》みあげなすった。」

ジルーシャのやましそうな顔《かお》つきは、こんどはほんものだった。

「こんなに恩《おん》をうけているこの孤児院《こじいん》をわらいものにするなんて、あんたには感謝《かんしゃ》の気持《きも》ちってものがないようだね。おもしろおかしく書《か》けていたからいいようなものの、そうでなかったらどんな罰《ばつ》をうけたかわかりゃしませんよ。けどあんたは運《うん》がよかった。このミスター――つまりその、いまおかえりになったそのかたは、人《ひと》なみはずれたユーモアのセンスをおもちでね、あんたのあのなまいきな作文《さくぶん》が気《き》にいって、あんたを大学《カレッジ》へすすませてやろうとおっしゃるんですよ。」

「大学《カレッジ》へ？」ジルーシャの目《め》がとびだしそうになった。

ミセス・リペットはうなずいた。

「あのかたは、あとにのこっていろんな条件《じょうけん》をわたしとうちあわせなすったんですがね、それがみょうな条件《じょうけん》なんですよ。あのかたは、いわせてもらえば、まあ変人《へんじん》ですね。あんたには人《ひと》とちがったところがあるって思《おも》ってらっしゃるんだよ。そしてあんたを作家《さっか》になるように教育《きょういく》しようってね。」

「作家《さっか》？」ジルーシャはぼうぜんとして、ミセス・リペットのことばをおうむがえしにくりかえすだけだった。

「そういうこと。ものになるかどうかは、あとになればわかるでしょうよ。あのかたはふんだんな仕送《しおく》りをしてくださいますよ。お金《かね》ってものをもった経験《けいけん》のないあんたのようなむすめには、ぜいたくすぎるくらいですがね。あのかたにはあのかたの計画《けいかく》がおありだろうし、わたしは口《くち》だしはひかえておきましたよ。あんたは夏《なつ》のあいだはまだここで暮《く》らしますよ。大学《カレッジ》へはいるしたくは、プリチャードさんがわざわざめんどうをみてくださるそうですよ。あんたの授業料《じゅぎょうりょう》や下宿代《げしゅくだい》は、直接大学《ちょくせつカレッジ》のほうへ支払《しはら》われます。そのうえあんたは大学《カレッジ》にいる四年間《ねんかん》、まい月《つき》三十五ドルのおこづかいがいただけるんですよ。おかげであんたもほかの生徒《せいと》と対等《たいとう》になれます。

そのお金《かね》は、あのかたの秘書《ひしょ》をつうじて、月《つき》に一回《かい》あんたにおくられてきます。それにたいして、あんたのほうも月《つき》に一回《かい》、お礼《れい》の手紙《てがみ》を書《か》くんです。といっても、お金《かね》のお礼《れい》というわけじゃない。あのかたにはそんなことはどうでもいいんです。あんたはただ、どれだけ勉強《べんきょう》がすすんでいるかということと、まい日《にち》の生活《せいかつ》のくわしい報告《ほうこく》をすればいいんです。親《おや》に書《か》くような手紙《てがみ》ってことですね、あんたの親《おや》が生《い》きてたらの話《はなし》だけど。

あて名《な》はジョン・スミスさまにして、あのかたの秘書気付《ひしょきづけ》でだすこと。あのかたの名《な》まえはジョン・スミスではないけれど、名《な》まえは知《し》られたくないっておっしゃるんでね、あんたもそのつもりでいなきゃいけませんよ。手紙《てがみ》がほしいとおっしゃるわけは、作家《さっか》としての表現力《ひょうげんりょく》をやしなうには、手紙《てがみ》を書《か》くのがいちばんだと考《かんが》えていらっしゃるからですよ。あんたには文通《ぶんつう》しようにも家族《かぞく》ってものがないんだし、あんたの成長《せいちょう》してゆくのも見《み》まもりたいし、とそうおっしゃるんです。手紙《てがみ》を書《か》いてもご返事《へんじ》はいただけません。気《き》にとめたりもなさいません。筆《ふで》ぶしょうなかただし、あんたが自分《じぶん》にとって重荷《おもに》になるのがおいやなんですね。どうしても返事《へんじ》が必要《ひつよう》なとき——まさかそんなことはないと信《しん》じてますが、たとえばあんたが退校《たいこう》にでもなったというときには、秘書《ひしょ》のグリグスさんに連絡《れんらく》すること。

このまい月《つき》の手紙《てがみ》は、あんたにとってはなによりもたいせつなつとめです。ミスター・スミスが要求《ようきゅう》なさるただひとつのご恩《おん》がえしなんだから、借《か》りているお金《かね》をかえすようなつもりで、きちんきちんとおくらなければいけませんよ。いつもていねいな調子《ちょうし》で、これでこそ学校《がっこう》へやったかいがあると思《おも》われるようにたのみますよ。とにかくジョン・グリーア孤児院《ホーム》の理事《りじ》ともあろうかたに書《か》くんですからね。」

ジルーシャはじれったそうに、戸口《とぐち》のほうをぬすみ見《み》ていた。頭《あたま》のなかは興奮《こうふん》でぐるぐるしていた。ミセス・リペットのもったいぶったお説教《せっきょう》からにげだして、ひとりでゆっくり考《かんが》えたかった。ジルーシャはためしにいすから腰《こし》をうかせ、一歩《ぽ》あとずさりしてみせた。ミセス・リペットは、まだまだというような身《み》ぶりをした。めったにないお説教《せっきょう》の機会《きかい》というわけだ。

「ふってわいたようなこんなめったにない幸運《こううん》を、あんたもありがたいと思《おも》ってるんでしょうね。あんたみたいな身《み》のうえで、こんな出世《しゅっせ》の機会《きかい》にめぐまれるなんて、そうやたらにあるもんじゃありませんよ。いつもわすれずに——。」

「はい、あの、ありがとうございます。もしよろしかったら、あたし、フレディ・パーキンスのズボンにつぎをあてなければならないと思《おも》います。」

ドアがしまり、いおうとしていたむすびの名文句《めいもんく》はちゅうにういたまま、ミセス・リペットはぽかんと口《くち》をあけてジルーシャを見《み》おくった。

ミス・ジルーシャ・アボットより
ミスター・あしながスミスあての手紙《てがみ》

とてもとてもしあわせ

――大学《だいがく》一年生時代《ねんせいじだい》の手紙《てがみ》――

ファーガスン寮《りょう》二一五号室《ごうしつ》
九月《がつ》二十四日《か》

みなしごたちを大学《カレッジ》へやってくださる心《こころ》やさしい理事《りじ》さま

こんにちわ！　きのうは四時間《じかん》も汽車《きしゃ》に乗《の》りました。汽車《きしゃ》っておもしろいものですね。いままで乗《の》ったことなかったけど。

大学《カレッジ》って世界《せかい》じゅうでいちばん大《おお》きくて、いちばんわけのわからないところ、へやをでるやいなやまいごになっちゃう。もうちょっとおちついてから、どんなふうになってるか説明《せつめい》します。それから授業《じゅぎょう》についても。学課《がっか》は日曜《にちよう》の朝《あさ》からです。そしていまは土曜日《どようび》の夜《よる》。でもお手紙《てがみ》したかったんです、ほんの自己紹介《じこしょうかい》までに。

どんなかたかも知《し》らずに、お手紙《てがみ》書《か》くなんてなんだかへんですね。手紙《てがみ》を書《か》くってこと自体《じたい》が、わたしにとってはもうへんなんです――生《う》まれてこのかたまだ三通《つう》か四通《つう》くらいかな、書《か》いたのは。ですから模範手紙文例《もはんてがみぶんれい》みたいなのが書《か》けなくとも、どうかごかんべん。

きのうの朝《あさ》、たつまえにミセス・リペットと、とても深刻《しんこく》な話《はなし》をしました。これからの一生《いつしょう》をいかに生《い》くべきか、とくにこんなにいろいろしてくださったやさしい紳士《しんし》にたいしてどうふるまうべきか、かの女《じょ》はわたしにさとしました。わたしはあなたに「あらあらかしこ」って書《か》くように気《き》をつけなければいけないのです。

でもジョン・スミスなんてよばれたがっている人《ひと》に、「あらあらかしこ」なんて書《か》けますか？　もうちょっといきいきした名《な》まえがえらべなかったものかしら。まるでミスター棒《ぼう》くいか、ミスターものほしざおに手紙《てがみ》書《か》くみたい。

この夏《なつ》はあなたのことばかり考《かんが》えていました。長《なが》いあいだひとりぼっちだったのに、いまではだれかがわたしに興味《きょうみ》をもってくれているなんて、なんだか家族《かぞく》っていうようなものを見《み》つけたような、だれかと血《ち》のつながりができたような気《き》がする、これはすごくぬくぬくした感《かん》じです。けれどあなたについて考《かんが》えるとき、わたしの想像力《そうぞうりょく》ははたらきようがないのです。わたしの知《し》ってることは三つだけ――。

Ⅰ　あなたはのっぽである。

Ⅱ　あなたはお金持《かねも》ちである。

Ⅲ　あなたは女《おんな》の子《こ》がきらいである。

あなたのことを、ミスター女《おんな》ぎらいとよんでもいいとも思《おも》うけれど、それではわたしがばかにされてるみたい。かといってミスターお金持《かねも》ちとよぶのでは、あなたをばかにしてるみたい。お金《かね》だけがたいせつみたいですからね。それにお金持《かねも》ちであるってことは、ほんのうわべだけのこと、あなただって一生《いっしょう》お金持《かねも》ちではないかもしれません。株《かぶ》で失敗《しっぱい》したりこう者《もの》はいっぱいいますもの。けれど、のっぽだってことだけは一生《いっしょう》のあいだかわらない。

そこでわたしは、あなたを「あしながおじさん」とよぶことにきめました。気《き》にしないでください。わたしたちだけの名《な》まえです――ミセス・リペットにはないしょ。

あと二分《ふん》で十時《じ》の鐘《かね》。ここでは一日《にち》は鐘《かね》でくぎられているんです。わたしたちは鐘《かね》で食《た》べ、鐘《かね》で眠《ねむ》り、鐘《かね》で勉強《べんきょう》します。はりきっちゃいます、消防自動車《しょうぼうじどうしゃ》みたい。ほら鳴《な》りだした、消灯《しょうとう》。おやすみなさい。

この規則正《きそくただ》しさに注意《ちゅうい》――ジョン・グリーア孤児院《ホーム》でうけた訓練《くんれん》のおかげです。

あらあらあらかしこ
ジルーシャ・アボット

あしながスミスさま

十月一日《がつついたち》

あしながおじさん
わたしは大学《カレッジ》が大《だい》すき、わたしを大学《カレッジ》へやってくださったあなたが大《だい》すき――とても、とてもしあわせです。いっしゅんいっしゅんがすばらしくて、夜《よる》も眠《ねむ》れないくらい。わかる？　とにかくジョン・グリーア孤児院《ホーム》とはおおちがいなんです。こんなところがこの世《よ》にあるなんて、夢《ゆめ》にも思《おも》わなかった。女《おんな》に生《う》まれなくてここへはいれない人《ひと》は、みんなかわいそう。あなたの若《わか》いころいらした大学《カレッジ》だって、きっとこんなにすてきじゃなかったにちがいない。

わたしのへやは塔《とう》の高《たか》みにあります。新《あたら》しい病院《びょういん》ができるまでは、伝染病棟《でんせんびょうとう》だったところ。おなじ階《かい》に、あと三人女《にんおんな》の子《こ》がいます——めがねをかけてる四年生《ねんせい》は、いつもわたしたちに、もうすこしおしずかにってたのみます。そしてふたりの一年生《ねんせい》は、名《な》まえがサリー・マクブライドにジュリア・ラトレッジ・ペンドルトン。サリーは髪《かみ》が赤《あか》くて、鼻《はな》が上《うえ》をむいてて、とても好意的《こういてき》、ジュリアはニューヨークの名家《めいか》の出《で》で、まだわたしの存在《そんざい》など眼中《がんちゅう》になし。

サリーとジュリアはいっしょのへやで、めがねの四年生《ねんせい》とわたしは個室《こしつ》。新入生《しんにゅうせい》はふつう個室《こしつ》なんかもらえないんです、数《かず》がとてもすくないので。でもわたしはたのみもしないのに、もらえました。ちゃんとしたところのお嬢《じょう》さんに、すて子《ご》と同室《どうしつ》してくださいなんていえないと、事務《じむ》の人《ひと》は思《おも》ったんでしょう。ほら、とくすることもあるんですよ！

わたしのへやは北西《ほくせい》のかどにあります。窓《まど》が二つといいけしきがひとつ。十八年《ねん》のあいだ、二十人《にん》の人間《にんげん》とひとへやに暮《く》らしてきたあとでは、ひとりでいるのもやすらかでいいものです。ジルーシャ・アボットと近《ちか》づきになるはじめてのチャンス。わたしはかの女《じょ》がすきになれそうです。

あなたはいかが？

火曜日《かようび》

一年生《ねんせい》のバスケットボール・チームが編成《へんせい》されます。わたしも、うまくゆけばいれてもらえるかもしれません。もちろんわたしはちびだけど、そのかわりとてもすばしこくて、はりきりやで、ねばり強《づよ》いんだ。ほかの人《ひと》たちがとびあがってるすきに、わたしは足《あし》のあいだをかいくぐって、ボールをさらってしまうことができるってわけ。練習《れんしゅう》はおもしろくてたまりません──運動場《うんどうじょう》の午後《ごご》、木々《きぎ》は赤《あか》に黄《き》にもえ、そのもえるにおいがそこらじゅうにただよい、みんなわらったり、さけんだりして。こんなにしあわせそうなむすめたちって、見《み》たこともありません。そしてなかでもいちばんしあわせなのは、わたし！

長《なが》い手紙《てがみ》を書《か》いて、いまなにをならってるか、なにもかもお知《し》らせしようと思《おも》ってたんですが（ミセス・リペットの言《げん》によると、あなたはそれをお知《し》りになりたいとのことなので）、ちょうどいま、七時間《じかん》めの鐘《かね》がなり、十分間《ぶんかん》で運動着《うんどうぎ》に着《き》がえて運動場《うんどうじょう》にでなければなりません。チームにはいれたほうがいいでしょう？

いつもあなたの　　　ジルーシャ・アボット

追伸《ついしん》（九時《じ》）

サリー・マクブライドが、いま、わたしのへやのドアから首《くび》をのぞかせていったこと。

「あたし、すごいホームシックなの。がまんできそうにないわ。あなたもそう？」

わたしはちょっとわらって、いいえ、わたしはがまんできると思《おも》うわといいました。ほかの病気《びょうき》はとも

25　ミス・ジルーシャ・アボットより　ミスター・あしながスミスあての手紙

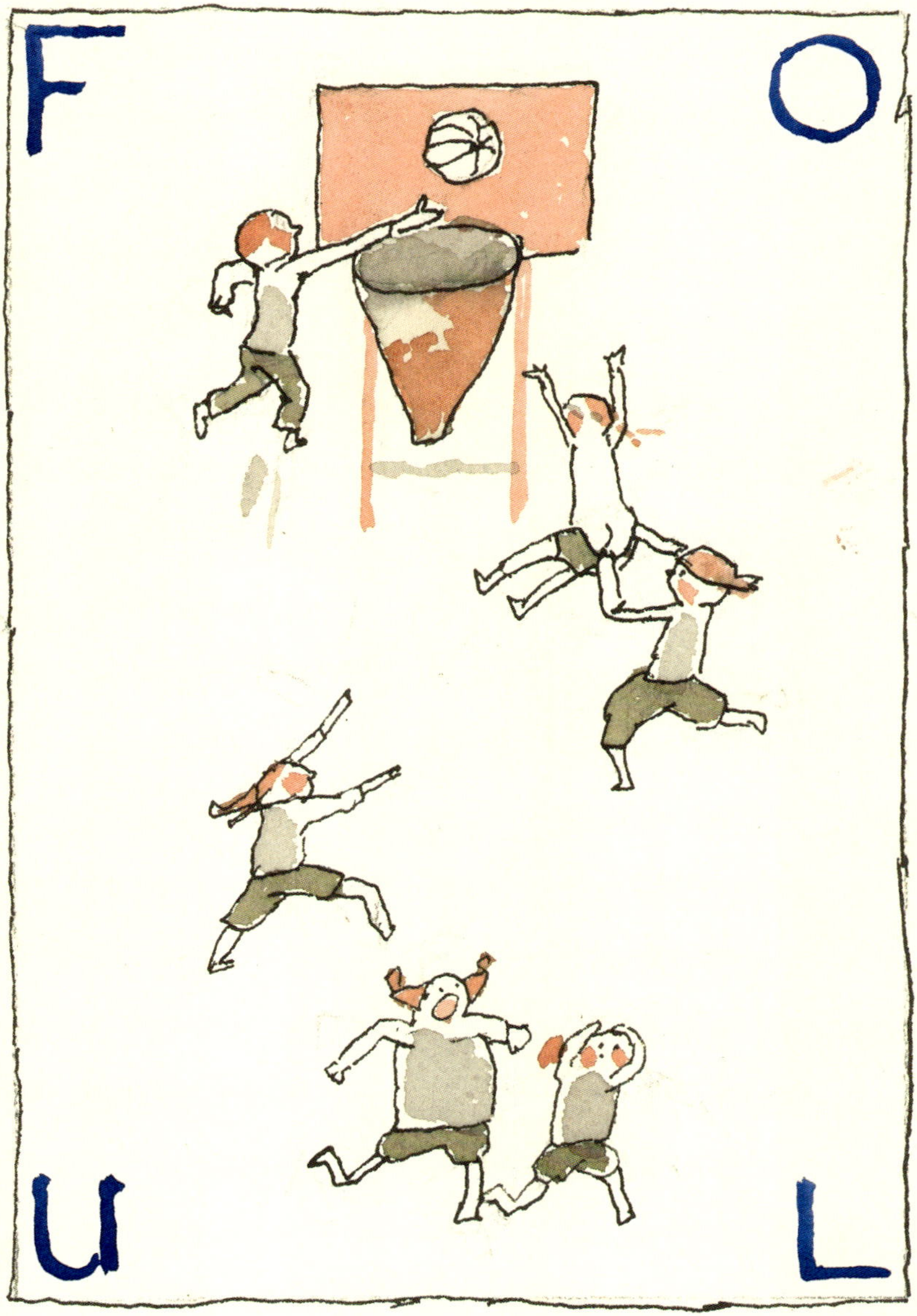

かくホームシックだけは免疫《めんえき》です。孤児院《こじいん》がこいしい病気《びょうき》なんて聞《き》いたこともないでしょう？

十月《がつ》十日《か》

あしながおじさん

ミケランジェロって聞《き》いたことある？　中世《ちゅうせい》イタリアの有名《ゆうめい》な絵《え》かき。英文学《えいぶんがく》のクラスではだれでもみんな知《し》っていたらしく、わたしがミケランジェロを大天使《アークエンジェル》だと思《おも》っていたというので、クラスじゅうが大《おお》わらいしました。だって大天使《アークエンジェル》のひとりみたいな名《な》まえでしょう？　ならったこともないたくさんのことを、知《し》ってるのがあたりまえみたいに思《おも》われるのが大学《カレッジ》のこまったところ。ときどき穴《あな》があったらはいりたいような思《おも》いをします。けれどいまでは、わたしが聞《き》いたことのないいろんなことを友《とも》だちが話《はな》してるときには、口《くち》だしせずに聞《き》いていて、あとで百科事典《ひゃっかじてん》をしらべることにしてます。

第一日《だいにち》めにはとんでもない失敗《しっぱい》をしました。だれかがモーリス・メーテルリンクのことを話《はな》してました。わたしは、その人《ひと》一年生《ねんせい》？　ってきいちゃったの。学校《がっこう》じゅうのおわらいぐさ。けれどともあれ、わたしはクラスじゅうのだれにも負《ま》けません――わたしのほうが頭《あたま》がいいくらい！

おへやをどんなふうにかざりつけたか興味《きょうみ》ある？　褐色《かっしょく》と黄色《きいろ》のシンフォニーといったところ、壁《かべ》がうすいカーキだったので、わたしは黄色《きいろ》いデニムのカーテンとクッション、マホガニーの机《つくえ》（三ドルの中古《ちゅうぶる》）、それに籐《とう》いすをひとつとまんなかにインクのしみのある褐色《かっしょく》のじゅうたんを買《か》いました。しみの上《うえ》に籐《とう》いすをおきました。

窓《まど》は高《たか》くて、ふつうの腰《こし》かけでは外《そと》が見《み》えません。でもわたしは、たんすのうしろの鏡《かがみ》をねじをぬいてとりはずし、たんすの上《うえ》に布《ぬの》をはって窓《まど》ぎわにもってきました。窓《まど》ぎわ用《よう》の腰《こし》かけにちょうどいい高《たか》さ。引《ひ》きだしをひっぱりだして階段《かいだん》がわりにのぼります。とてもぐあいがいい!

四年生《ねんせい》の競売会《きょうばいかい》で、こんなものをいろいろ買《か》うのに、サリー・マクブライドが相談《そうだん》にのってくれました。サリーはいままでずっとうちにいたので、へやのかざりつけにはくわしいんです。買《か》いものにいって、ほんものの五ドル札《さつ》をだして、おつりをもらう、それがどんなにたのしいことかあなたには想像《そうぞう》もつかないでしょう。なにしろわたしときたら、いままで二、三セントのお金《かね》しかもったことがなかったのですから。大《だい》すきなおじさま、感謝《かんしゃ》あるのみです。

サリーはこの世《よ》でいちばんおもしろい人──ジュリア・ラトレッジ・ペンドルトンはその反対《はんたい》。事務《じむ》の人《ひと》ったら、よくもこんなルーム・メートのくみあわせがつくれたもんですね。サリーにとっては、なにもかもがたのしいんです──落第《らくだい》することすらね──ところがジュリアにとっては、なにもかもがたいくつ。ジュリアには人《ひと》にやさしくしようなんて気《き》は、これっぽっちもないんです。ペンドルトン家《け》の一員《いちいん》でありさえしたら、ただそれだけでどんな資格審査《しかくしんさ》もうけずに天国《てんごく》へゆけると思《おも》いこんでるんです。ジュリアとわたしは生《う》まれながらのかたきどうし。

さて、わたしがなにをならってるか聞《き》きたくてじりじりしていらっしゃることでしょうね。
I　ラテン語《ご》。第二《だいに》ポエム戦争《せんそう》。ハンニバルのひきいる軍勢昨夜《ぐんぜいさくや》トラシメナス湖《こ》はんに夜営《やえい》せり。ついでローマ軍《ぐん》にたいして伏兵《ふくへい》をはり、今暁《こんぎょう》四つ刻戦闘開始《どきせんとうかいし》。ローマ軍退却中《ぐんたいきゃくちゅう》。

Ⅱ　フランス語《ご》。〈三銃士《さんじゅうし》〉を二十四ページと第《だい》三活用《かつよう》、不規則動詞《ふきそくどうし》。

Ⅲ　幾何《きか》。円柱《えんちゅう》をおわり、円錐《えんすい》ととりくむ。

Ⅳ　国語《こくご》。叙述法《じょじゅつほう》を勉強中《べんきょうちゅう》。わが文体《ぶんたい》は日《ひ》ましに単純明快《たんじゅんめいかい》の度《ど》をくわえつつあり。

Ⅴ　生理学《せいりがく》。消化系《しょうかけい》まですすむ。おつぎは胆汁《たんじゅう》と膵臓《すいぞう》。

教育《きょういく》されつつある　ジルーシャ・アボット

追伸《ついしん》　おじさま、あなたは酒類《アルコール》に手《て》をふれないでしょうね、肝臓《かんぞう》にとってもわるいんですよ。

水曜日《すいようび》

あしながおじさん

わたし、名《な》まえをかえました。名簿《めいぼ》ではまだ〈ジルーシャ〉だけど、ほかはどこへいっても、わたしは〈ジュディ〉。あいもかわらぬ愛称《あいしょう》でよばれるなんて、いやんなっちゃうな。ジュディって名《な》まえだって、わたしがつけたわけでもないのに。フレディ・パーキンスがまだ舌《した》がよくまわらないころ、わたしをそうよんでたんです。

ミセス・リペットは、あかんぼうにもう少《すこ》し曲《くせ》のある名《な》まえをつけてくれなくちゃ。ミセス・リペットは姓《せい》のほうは電話帳《でんわちょう》からえらぶんです――アボットはABではじまるから第《だい》一ページにあるってわけ――そして名《な》まえのほうはどっかそこらへんからひろってくるんです。ジルーシャってのは墓石《はかいし》からとったの。ジルーシャって名《な》まえは大《だい》きらい。ジュディのほうがまだましだわ、ばかげた名《な》まえだけど。

ジュディっていうのは、わたしみたいじゃない女《おんな》の子《こ》にふさわしい名《な》まえ。青《あお》い目《め》のかわい子《こ》ちゃんで、家族《かぞく》のみんなからちやほやされて、なんの気《き》がねもなくあそび半分生《はんぶんい》きてきて――すてきでしょうね、そんなだったら。わたしにどんな欠点《けってん》があるにしろ、親兄弟《おやきょうだい》にあまやかされたといってわたしをせめることだけは、だれにもできないわ！ だけど、そんなふりをするのはとてもおもしろい。これからはいつも、わたしをジュディってよんでください。

いいことおしえましょうか？ わたし、キッドの手《て》ぶくろを三組《くみ》ももってるの。指《ゆび》のないのなら、まえにクリスマス・ツリーにさがってるのを、もらったことがあるけれど、五本《ほん》ちゃんと指《ゆび》のついている、ほんもののキッドの手《て》ぶくろなんてはじめて。しょっちゅうとりだしては、はめてみています。クラスへはめてでてゆくことだけは、かろうじてがまんしてるけど。

（夕食《ゆうしょく》の鐘《かね》。さようなら。）

金曜日《きんようび》

どうお思《おも》いになる？ おじさま。国語《こくご》の先生《せんせい》が、わたしのこのまえの答案《とうあん》には、なみなみならぬ独創性《オリジナリティ》があるっておっしゃいました。うそじゃありません。ほんとにそのとおりのことばでおっしゃったんです。わたしがうけてきた十八年間《ねんかん》の訓練《くんれん》のことを考《かんが》えると、そんなことはありそうに思《おも》えませんけどね。

ジョン・グリーア孤児院《ホーム》のねらいは（あなたはそれをごぞんじだし、それでいいと本気《ほんき》でみとめてらっしゃるのでしょうが）、九十七人《にん》の孤児《こじ》を九十七人《にん》のふたごにかえてしまうことにあるのですから。

ここにわたしがお目《め》にかけるなみなみならぬ芸術的才能《げいじゅつてきさいのう》は、おさなくしてたきぎ小屋《ごや》の戸《と》にミセス・リペットの顔《かお》をチョークでらくがきしたことにより、つちかわれたものであります。

若《わか》き日《ひ》のわがふるさとをけなしても、お気《き》をわるくなさらぬようのぞんでます。でも切《き》り札《ふだ》をおもちなのはあなた、わたしがなまいきになりすぎたら、いつでもすきなときに小切手《こぎって》の支払《しはら》いをとめることがおできになるんですから。こんなことをいうのは、失礼《しつれい》にきまってます――けれど、わたしにお上品《じょうひん》なふるまいなど期待《きたい》できっこありません。すて子《ご》をそだてる孤児院《こじいん》というところは、花嫁学校《はなよめがっこう》とはちがうんです。

おじさま、大学《カレッジ》でつらいのは勉強《べんきょう》じゃないのです、あそびなのです。友《とも》だちがなんのことを話《はな》しているのか、半分《はんぶん》はわからない。みんなが知《し》ってるのにわたしだけが知《し》らない過去《かこ》のいろいろなこと、それがわらい話《ばなし》のたねになる、わたしはそこでは外国人《がいこくじん》です。わたしはみんなの話《はな》していることばがわからないんです。みじめな気持《きも》ちです。

いままでずっとそうだった。高校《こうこう》でも友《とも》だちはみんなあちこちにかたまって、わたしのことをじろじろ見《み》ました。わたしはへんちくりんで、異人種《いじんしゅ》で、みんなそれを知《し》ってました。自分《じぶん》の顔《かお》に〈ジョン・グリーア孤児院《ホーム》〉と書《か》いてあるのが、手《て》でさわれるくらいはっきり感《かん》じとれました。それからつぎは、慈善家《じぜんか》ぶったのが二、三人《にん》、子細《しさい》ありげにやってきて、なにやらお上品《じょうひん》なことをいうんです。わたしは友《とも》だちをひとりのこらずにくみました——慈善家《じぜんか》ぶった連中《れんちゅう》はいちばん。

わたしが孤児院《こじいん》で大《おお》きくなったということ、ここではだれも知《し》りません。サリー・マクブライドには、父母《ふぼ》は死《し》んで、ある親切《しんせつ》な老紳士《ろうしんし》がわたしを大学《カレッジ》にやってくれているといってあります——そこまでのところは、ほんとにそのとおりなんですから。

あなたにひきょう者《もの》とは思《おも》われたくありませんが、わたしは人《ひと》なみでいたいんです。けれどわたしの子《こ》ども時代《じだい》には、あのいやらしい孤児院《こじいん》のかげがさしていて、それがわたしとほかの人《ひと》たちをへだててしまうのです。もし背《せ》をむけて、そんな思《おも》い出《で》をしめだしてしまえれば、わたしだってみんなとおなじようなこのましい女《おんな》の子《こ》になれるはずです。どうにもならないちがいなんてありはしない。ね、そうでしょう？

とにかく、サリー・マクブライドはわたしをすいてくれます。

ではまた。

もとジルーシャこと　ジュディ・アボット

土曜日《どようび》の朝《あさ》

いまこの手紙《てがみ》を読《よ》みかえしてみました、まったくうれしくない手紙《てがみ》です。けれど月曜《げつよう》の朝《あさ》までにやらなければならない宿題《しゅくだい》と、幾何《きか》の復習《ふくしゅう》があっておまけにかぜをひいてくしゃみばかりでます。お察《さつ》しいただけますか?

日曜日《にちようび》

きのうこれをだすのをわすれました。そこで憤慨的追伸《ふんがいてきついしん》。けさ、牧師《ぼくし》さんのお説教《せっきょう》を聞《き》きました。なんとのたまったと思《おも》って?

「聖書《せいしょ》のなかのもっとも慈悲深《じひぶか》いおことばは〈貧《まず》しきものは汝《なんじ》らとともにあり〉、これであります。貧《まず》しい人《ひと》びとはわたしたちを慈悲深《じひぶか》くするためにこの世《よ》に存在《そんざい》するのであります。」

それでは貧乏人《びんぼうにん》は、役《やく》にたつ家畜《かちく》の一種《いっしゅ》だとでもいうんですか。こんなに完全《かんぜん》なレディーになっていたんでなかったら、礼拝《れいはい》のあとで牧師《ぼくし》さんのところへいって、わたしの心《こころ》の底《そこ》をぶちまけてやるんだった。

十月《がつ》二十五日《にち》

あしながおじさん

バスケットボールのチームにはいりました。左肩《ひだりかた》の打《う》ち身《み》のあとを見《み》てくださらなくちゃ。青《あお》とマホガニーのまじった色《いろ》に、オレンジ色《いろ》の小《ちい》さなすじがついてます。ジュリア・ペンドルトンももうしこんだんですが、いれてもらえませんでした。ばんざい!

わたしがどんなにいやしい根性《こんじょう》のもちぬしかこれでおわかりでしょう。大学《カレッジ》はますますすてき。わたしは友《とも》だちがすきで、先生《せんせい》もすきで、教室《きょうしつ》もすきで、校庭《キャンパス》もすきで、それから食《た》べるものもすき。一週《しゅう》に二どはアイスクリームにありつけるし、トウモロコシのおかゆなんて一どだってでたことなし。

わたしからのお便《たよ》りは月《つき》に一どだけでよかったんですね。わたしは三日《か》おきに手紙《てがみ》を乱発《らんぱつ》しています！　けれどこんな新《あたら》しい冒険《ぼうけん》のかずかずに、わたしはすっかりむちゅうになってしまって、だれかに話《はな》さずにはいられないんです。そしてわたしの知《し》ってる人《ひと》といえば、あなたただひとり。わたしのゆきすぎをおゆるしください。もうすぐおちつきますから。わたしの手紙《てがみ》がたいくつだったら、いつでもくずかごへほうりこんでください。つぎの手紙《てがみ》は十一月《がつ》なかばまで書《か》かないことをお約束《やくそく》します。

妄言多謝《もうげんたしゃ》　ジュディ・アボット

十一月《がつ》十五日《にち》

あしながおじさん

きょうわたくしのならったことをお聞《き》きあそばせ。

正角錐体《せいかくすいたい》の側面積《そくめんせき》は、両底面《りょうていめん》の周《しゅう》の和《わ》と斜高《しゃこう》との積《せき》の二分《ぶん》の一にひとし。

ほんとじゃないみたいだけど、ほんとなんです——証明《しょうめい》できるわ！

わたしの服《ふく》のこと、まだごぞんじありませんでしたね。おじさま。六着《ちゃく》もあるの、みんな新品《しんぴん》で、とてもきれいで、そしてわたし専用《せんよう》——だれかのおさがりじゃない。ひとりのみなしごの生涯《しょうがい》にとって、これがどんなに特筆大書《とくひつたいしょ》すべきことか、たぶんあなたにはわかっていただけないでしょう。みんなあなたからいただいたものばかり、どんなに、どんなにありがたく思《おも》ってるかしれません。

　教育《きょういく》をうけるってことはりっぱなことです——けれど、仕立《した》ておろしの服《ふく》を六着《ちゃく》ももつというこの目《め》のまわるような経験《けいけん》にくらべたら、なにものでもありません。視察委員《しさついいん》のプリチャードさんが見《み》たててくださいました。ミセス・リペットじゃなくてたすかった！　わたしはピンクの紗《しゃ》がかかっているシルクのイヴニング・ドレス（これを着《き》るとわたしはすごい美人《びじん》）と、ブルーの教会《きょうかい》ゆきの服《ふく》と、東洋《とうよう》のふちどりをした赤《あか》いうす絹《ぎぬ》のディナー・ドレス（ジプシーみたいに見《み》えます）と、もう一着《ちゃく》、バラ色《いろ》のシルクとウールのまぜおりのと、それからグレイの街着《まちぎ》と、それから学校《がっこう》へ着《き》てゆくふだん着《ぎ》とをもってます。ジュリア・ラトレッジ・ペンドルトンなら、そうたいした衣装《いしょう》もちということにはならないでしょうが、ジルーシャ・アボットにとっては——最高《さいこう》！

　なんてくだらない、あさはかな小《こ》むすめだろうって考《かんが》えていらっしゃるんでしょうね、女《おんな》の子《こ》を教育《きょういく》するなんてお金《かね》の浪費《ろうひ》だって。

　でもおじさま、あなただって一生《いっしょう》チェックのギンガムを着《き》せられてきたら、わたしの気持《きも》ちをわかってくださると思《おも》うわ。それにハイスクールに通《かよ》うようになったら、わたしはチェックのギンガムよりもっとわるいはめにおちいったんだし。それは——慈善箱《じぜんばこ》。

　あのあわれっぽい慈善箱《じぜんばこ》の服《ふく》を着《き》て学校《がっこう》へゆくのがどんなにせつなかったか、とてもわかってはいただけません。わたしにおさがりをくれた子《こ》のとなりにすわらせられるのはわかりきったことだったし、その子《こ》は、ひそひそくすくす、ただちにわたしの服《ふく》を指《ゆび》さしてみせるにきまってました。敵《てき》のぬぎすてた服《ふく》を着《き》るなんて、たましいを食《く》いあらされるようにつらいものです。これから一生《いっしょう》のあいだシルクのストッキングをはくとしても、心《こころ》の傷《きず》をけしさることはできないと思《おも》う。


戦況号外《せんきょうごうがい》！

最前線《さいぜんせん》よりのニュース。

十一月《がつ》十三日木曜日《にちもくようび》四つ刻《どき》、ハンニバルはローマ軍前衛《ぐんぜんえい》を敗走《はいそう》せしめ、カルタゴ軍《ぐん》をひきいて山脈《さんみゃく》をこえ、カシリナム平原《へいげん》へ侵入《しんにゅう》せり、軽装備《けいそうび》のヌミデリア人《じん》の一隊《いったい》は、クイントス・ファビアス・マキシマスの歩兵隊《ほへいたい》と交戦《こうせん》、二回《かい》の戦闘《せんとう》と小《こ》ぜりあいのすえ、ローマ軍《ぐん》は大損害《だいそんがい》をこうむって撃退《げきたい》さる。

前線特派通信員《ぜんせんとくはつうしんいん》の栄誉《えいよ》にかがやく　J・アボット

追伸《ついしん》　ご返事《へんじ》を期待《きたい》してはいけないのはわかってますし、つべこべ質問《しつもん》してあなたをこまらせたりしないようにいいつけられてはいるのですが、おじさま、ひとつだけ――あなたはとてもお年《とし》より？　それともほんのすこし？　あなたはつるっぱげ？　それともほんのすこし？　幾何《きか》の定理《ていり》みたいに抽象的《ちゅうしょうてき》にあなたのことを考《かんが》えるのはとてもむずかしいのです。

背《せ》が高《たか》く、お金持《かねも》ちで、女《おんな》の子《こ》ぎらい、しかもあるひとりのとてもなまいきな女《おんな》の子《こ》にたいしてだけ、きわめて寛大《かんだい》であるとは、いかなる男性《だんせい》なりや？

返《へん》まつ。

十二月《がつ》十九日《にち》

あしながおじさん

わたしの質問《しつもん》にとうとう答《こた》えてくださらなかったんですね、とてもだいじなことだったのに。

あなたははげてますか？

生《い》けるがごとき傑作《けっさく》をものにしようと思《おも》ったんです――とてもうまくゆきました――頭《あたま》の上《うえ》のところにくるまでは。そこではたとゆきづまり。しらが、黒髪《くろかみ》、ごましお、それともなんにもなし、どれにしたらいいのか決定不可能《けっていふかのう》なんです。

これがおじさまの肖像《しょうぞう》。

問題《もんだい》は髪《かみ》の毛《け》をかくかどうか。

目《め》の色《いろ》がなに色《いろ》かお知《し》りになりたい？　灰色《はいいろ》なの、そしてまゆげはポーチの屋根《やね》みたいにはりだしてます（小説《しょうせつ》ならひいでたるなんてことばをつかうところ）。口《くち》は真一文字《まいちもんじ》とへの字《じ》の中間《ちゅうかん》ぐらい。ね、ちゃんとわかってるわ、あなたはかんしゃくもちの、はりきりじいさん。

（礼拝堂《チャペル》の鐘《かね》）

DIEU
ET MON
DROIT

午後九時四十五分《ごごくじよんじゅうごふん》

けっしてやぶってはならぬ新《あたら》しい規則《きそく》。あくる朝《あさ》どんなにたくさんの筆記試験《ひっきしけん》があろうとも、けっしてけっして夜《よる》は勉強《べんきょう》しないこと、そのかわり夜《よる》はふつうの本《ほん》を読《よ》みます、読《よ》まなきゃならないんです、わたしには十八年間《ねんかん》の空白《ブランク》があるのです。おじさま、あなたは信《しん》じないかもしれませんが、わたしの精神《せいしん》は無知《むち》の底《そこ》なし沼《ぬま》です。その深《ふか》さがやっとわかりかけてきました。ちゃんとした家族《かぞく》と家庭《かてい》と友《とも》だちと本《ほん》のあるむすめなら、自然《しぜん》に吸収《きゅうしゅう》しているたくさんのことが、わたしにとっては聞《き》いたこともないことなのです。たとえば——、

わたしは〈マザー・グース〉も、〈デヴィッド・コパフィールド〉も、〈アイヴァンホー〉も、〈シンデレラ〉も、〈青《あお》ひげ〉も、〈ロビンソン・クルーソー〉も、〈ジェイン・エア〉も、〈不思議《ふしぎ》の国《くに》のアリス〉も、ラドヤード・キプリングも読《よ》まずにそだった。わたしはヘンリー八世《せい》が何回《なんかい》も結婚《けっこん》したこと、シェリーが詩人《しじん》だということを知《し》らなかった。人類《じんるい》がかつてはサルだったということも、エデンの園《その》が美《うつく》しい神話《しんわ》だということも知《し》らなかった。R・L・Sっていうのはロバート・ルイス・スティヴンスンの略《りゃく》で、ジョージ・エリオットは女《おんな》だということも知《し》らなかった。わたしは〈モナ・リザ〉の絵《え》を見《み》たこともなければ、シャーロック・ホームズという名《な》まえさえも聞《き》いたことがなかったんです（ほんとにほんとの話《はなし》）。

いまではこういうこともぜんぶ知《し》っているし、そのほかにもたくさんのことを知《し》りました。でも、おいつくのがどんなにたいへんかは、わかっていただけると思《おも》います。

だけど、ああ、それはすごくたのしいことなんです！　一日《にち》じゅう、夜《よる》になるのが待《ま》ちどおしいの、やっと夜《よる》になるとドアに「勉強中《べんきょうちゅう》」の札《ふだ》をぶらさげ、大《だい》すきな赤《あか》いバス・ローブにくるまり、毛皮《けがわ》のスリッパーをつっかけ、長《なが》いすの上《うえ》にありったけのクッションをあてがい、ひじのところにしんちゅうの勉強《べんきょう》用スタンドをおいて、そして、読《よ》んで読《よ》んで読《よ》みまくるんです。一さつじゃたりません。四さついっぺんに読《よ》んでます。いまのところ、それはテニスンの詩《し》と、〈虚栄《きょえい》の市《いち》〉と、キプリングの〈プレイン・テールズ〉と、それから——わらいっこなし——〈若草物語《わかくさものがたり》〉。〈若草物語《わかくさものがたり》〉を読《よ》まずにそだった女《おんな》の子《こ》なんて、学校《がっこう》じゅうでわたしひとりなんですもの。読《よ》んでないってことはだれにもいわないけれど（かわり者《もの》ってレッテルをはられるから）。わたしはただなにげなくでていって、先月《せんげつ》のおこづかいの中《なか》から一ドル十二セントはらって、本《ほん》を買《か》ってきました。これからはだれかがライムのつけものの話《はなし》をしたって、ちゃんとついてゆけます！

（十時《じ》の鐘《かね》。なんどもじゃまがはいって、やっと書《か》きあげました。）

土曜日《どようび》

拝啓

幾何学《きかがく》の領域《りょういき》における新《あたら》しい探究《たんきゅう》の状況《じょうきょう》をつつしんでご報告《ほうこく》もうしあげます。先週金曜日《せんしゅうきんようび》、「平行六面体《へいこうめんたい》」についての研究《けんきゅう》をうちきり、「截頭三稜形《さいとうりょうけい》」へと進行中《しんこうちゅう》。前途多難《ぜんとたなん》。

日曜日《にちようび》

クリスマスのお休《やす》みが来週《らいしゅう》からはじまります。みんながトランクをもちだしました。廊下《ろうか》は足《あし》のふみばもないくらい、みんなわくわくうきうき、勉強《べんきょう》なんてそっちのけ。わたしはわたしなりのすてきなお休《やす》みを計画中《けいかくちゅう》。もうひとりテキサスからきている一年生《ねんせい》が寮《りょう》にのこるので、ふたりでほうぼう歩《ある》きまわったり――もし氷《こおり》がはってたら――スケートを練習《れんしゅう》しようというしかけ。それに図書館《としょかん》には本《ほん》がいっぱい――時間《じかん》はまるまる三週間分《しゅうかんぶん》!

さようなら、おじさま、あなたもわたしとおなじくらいしあわせだといいな。

いつもあなたの　　ジュディ

追伸《ついしん》　あの質問《しつもん》の答《こた》えをおわすれなく。手紙《てがみ》を書《か》くのがめんどうくさかったら、秘書《ひしょ》のかたに電報《でんぽう》をうたせて。かんたんよ。

スミスシツルハゲ
あるいは
スミスシハゲテナイ
あるいは
スミスシシラガ

来月分《らいげつぶん》から電報料《でんぽうりょう》二十五セントさしひいてください。
来年《らいねん》までさようなら――メリー・クリスマス！

クリスマス休《やす》みのおわりに近《ちか》く
正確《せいかく》な日付《ひづけ》は不明《ふめい》

あしながおじさん

そっちも雪《ゆき》がふってますか？。この塔《とう》から見《み》わたす世界《せかい》はどこからどこまで白《しろ》一色《しょく》、ポップコーンほどもある雪《ゆき》がふりつづいています。もう夕暮《ゆうぐ》れ――いま、日《ひ》が（つめたい黄色《きいろ》）丘《おか》のむこうに（もっとつめたい紫色《むらさきいろ》）しずもうとしています。例《れい》の窓《まど》ぎわの腰《こし》かけの上《うえ》で、一日《にち》のおわりの光《ひかり》をたよりにこれを書《か》いています。

五枚《まい》の金貨《きんか》、ほんとうにおどろきでした！　クリスマス・プレゼントをいただくなんてことに、なれてないんです。これまでにも、とてもたくさんのものをいただきました――わたしのもってるものはすべて、あなたからいただいたものです。そのうえにまたなんて、いいんでしょうか。でも、やっぱりうれしい。

なにを買《か》ったか、聞《き》いてくださる？

Ⅰ　皮《かわ》ケースにはいった銀時計《ぎんどけい》、手首《てくび》にはめて、授業《じゅぎょう》におくれないように。

Ⅱ　マシュー・アーノルドの詩集《ししゅう》。

Ⅲ　湯《ゆ》たんぽ。
Ⅳ　ひざかけ毛布《もうふ》（この塔《とう》は寒《さむ》いのです）。
Ⅴ　黄色《きいろ》の原稿用紙《げんこうようし》五百枚《ひゃくまい》（作家修業《さっかしゅぎょう》のはじまりはじまり）。
Ⅵ　類語辞典《るいごじてん》（作家《さっか》はことばをたくさん知《し》っていなければならない）。
Ⅶ　（白状《はくじょう》したくないけれど、思《おも》いきって）シルク・ストッキング一足《そく》。

さあ、おじさま、ここまで白状《はくじょう》したいじょう、まだあるんだろうなんていいっこなし！

シルクのストッキングがほしかったのは、じつはまったくつまらないことからなんです。ジュリア・ペンドルトンが、幾何《きか》の勉強《べんきょう》をしにわたしのへやにくるんですけど、かの女《じょ》はまい晩《ばん》まい晩《ばん》、シルク・ストッキングをはいてきて、長《なが》いすに足《あし》をくんですわるんです。けれどおたちあい——ジュリアが休暇《きゅうか》からかえってくるやいなや、こんどはわたしがかの女《じょ》の長《なが》いすの上《うえ》で足《あし》をくむ番《ばん》。ね、おじさま、わたしってこんなあわれむべきやつ。けどすくなくともわたしは正直《しょうじき》です。それにわたしが完全無欠《かんぜんむけつ》の人格者《じんかくしゃ》じゃないってことくらい、孤児院《こじいん》の記録《きろく》で、ちゃんと知《し》ってらっしゃるでしょ？

要約《ようやく》するにですね（国語《こくご》の先生《せんせい》の口《くち》ぐせ）、七つのクリスマス・プレゼント、ほんとにほんとにありがとうございました。カリフォルニアにいるわたしの家族《かぞく》からの小包《こづつみ》だと、そういうつもりになっています。時計《とけい》はおとうさんから、毛布《もうふ》はおかあさんから、湯《ゆ》たんぽはおばあさんから——わたしがこんな寒《さむ》いところでかぜをひきはしないかといつも心配《しんぱい》してるんです——そして原稿用紙《げんこうようし》は弟《おとうと》のハリイから。ねえさんのイザベルはシルク・ストッキングを、スーザンおばさんはマシュー・アーノルドの詩集《ししゅう》を、ハリイお

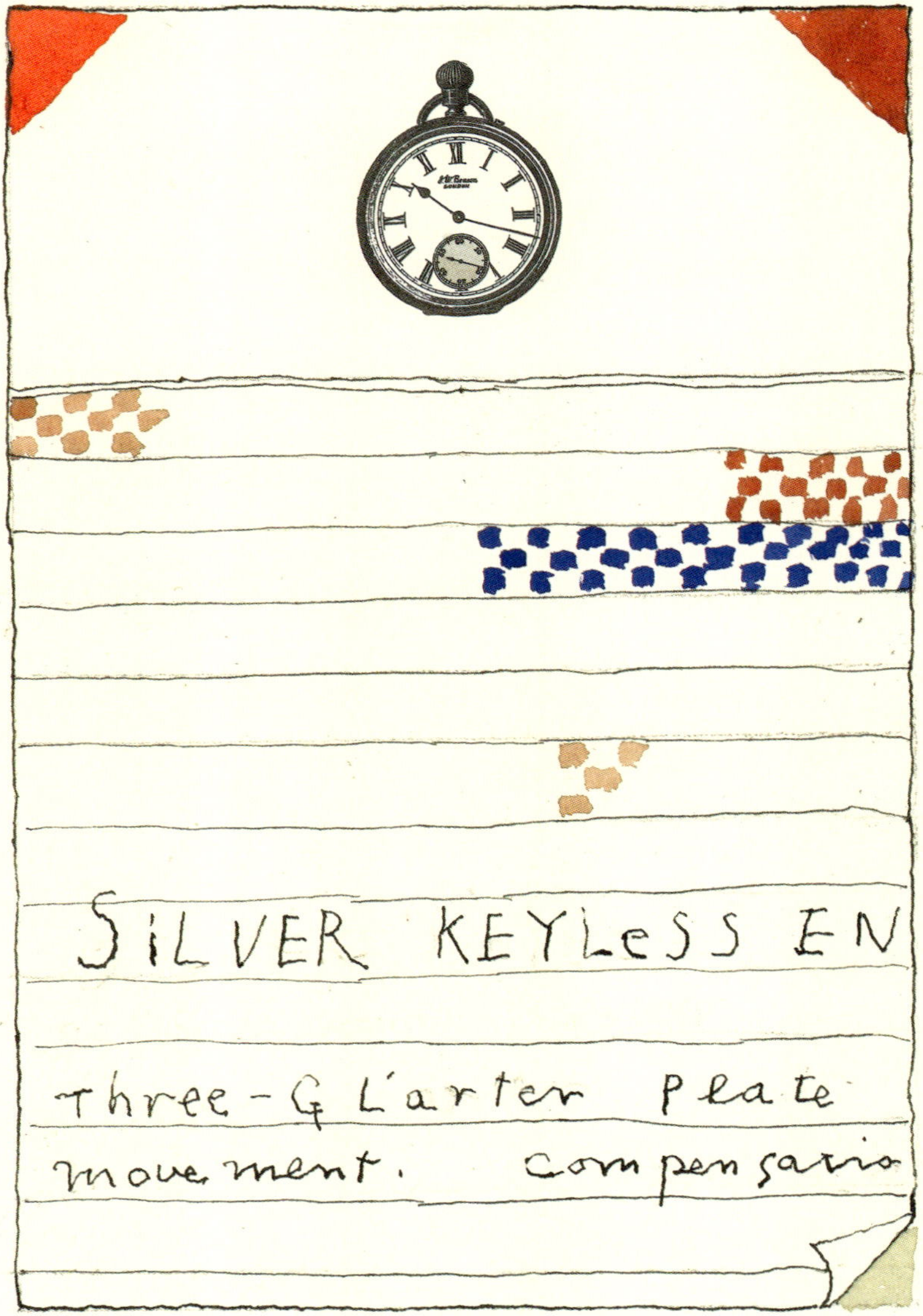

43　ミス・ジルーシャ・アボットより　ミスター・あしながスミスあての手紙

じさん（弟《おとうと》のハリイはこのおじさんの名《な》をとったのです）は辞典《じてん》をくれました。おじさんはチョコレートをおくるといったんですが、わたしがどうしても辞典《じてん》にしてくれってせがんだのです。

こんな家族《かぞく》ぜんぶの役《やく》を、あなたはひきうけてくださるでしょうか？

さてこのへんで、クリスマスのお休《やす》みの話《はなし》をしましょうか、それともあなたはわたしの教育《きょういく》それ自体《じたい》にしか興味《きょうみ》がおありにならないのでしょうか。〈それ自体《じたい》〉ということばにふくまれている微妙《びみょう》な意味《いみ》あいを味《あじ》わっていただきたいものです。ついさいきんおぼえたいいまわし。

テキサスからきている人《ひと》は、レオノーラ・フェントンという名《な》まえ（ジルーシャとおなじくらいへんな名《な》まえでしょう？）。わたしはかの女《じょ》がすきですが、サリー・マクブライドほどではありません、サリーみたいにすきになれる人《ひと》はこれからもいないでしょう——あなたはべつ。わたしはいつでも、だれよりもあなたがすきなはず、なぜってあなたひとりのなかに、わたしの家族《かぞく》みんながいるんですもの。

レオノーラとわたしは、二年生《ねんせい》ふたりと、お天気《てんき》のいい日《ひ》はかならず外《そと》を歩《ある》きまわり、このあたりをすっかり探検《たんけん》しつつあります。ショートスカートに毛糸《けいと》のジャケット、ふちなしの帽子《ぼうし》というかっこうで、手《て》にはシニイ（ホッケーににた競技）につかうステッキをもって、なんでもピシャピシャたたきながら。いちどは町《まち》まで歩《ある》いて——四マイル——大学《カレッジ》の女子学生《じょしがくせい》たちがよく晩《ばん》の食事《しょくじ》をしにくるレストランにはいりました。

大《おお》きなエビをやいたやつ（三十五セント）に、デザートにはそば粉《こ》のケーキとメープル・シロップ（十五セント）、財布《さいふ》はいたまず、栄養《えいよう》たっぷり。

ほんとにごきげん！　とくにわたしにとっては孤児《こじ》院《いん》とはまったくの別世界《べっせかい》だから——校庭《キャンパス》から外《そと》へでるとき、いつも脱走《だっそう》した囚人《しゅうじん》みたいな気持《きも》ちがします。ついうっかりしてわたしは、こんな経験《けいけん》ってはじめて——と口《くち》をすべらしそうになりました。ふくろのなかからネコがにげだすみたいにわたしの秘密《ひみつ》がばれそうになり、わたしはあわててそいつのしっぽをつかんで、ひきもどしました。心《こころ》のなかになにかをかくしておくっていうのは、とてもつらい。わたしはもともとあけっぴろげなたちなんです。なんでもいえるあなたというかたがいらっしゃらなかったら、わたしは破裂《はれつ》してしまうところ。

先週《せんしゅう》の金曜日《きんようび》の夜《よる》は、糖蜜《とうみつ》キャンディーつくりの会《かい》がありました。ファーガスン寮《りょう》の寮母《りょうぼ》さんが、ほかの寮《りょう》の居《い》のこり学生《がくせい》たちのためにひらいてくださったのです。

総勢《そうぜい》二十二人《にん》の一年生《ねんせい》、二年生《ねんせい》、三年生《ねんせい》、四年生《ねんせい》が

なかよくあつまりました。台所《だいどころ》はものすごく大《おお》きいの、石《いし》の壁《かべ》に銅《どう》のおなべややかんがずらりとぶらさがっていて――いちばん小《ちい》さなシチューなべでも洗《せん》たくがまくらいはあります。なにしろファーガスン寮《りょう》には、いつもなら四百人《ひゃくにん》の女《おんな》の子《こ》が住《す》んでるんですから。白《しろ》い帽子《ぼうし》とエプロンをつけたコック長《ちょう》さんが、二十二人分《にんぶん》の白《しろ》い帽子《ぼうし》とエプロンをもってきてくれて――そんなにたくさんどこでつごうつけてきたのか見当《けんとう》もつきません――われわれはみんなコックさんに早《はや》がわり。

すごくおもしろかった。キャンディーのできはさておき。すっかりできあがって、わたしたち自身《じしん》も台所《どころ》もドアのとっても、どこもかしこもべとべとになったころ、帽子《ぼうし》にエプロンすがたのまま、手《て》に手《て》に大《おお》きなスプーンやフォークやフライパンをもち、行列《ぎょうれつ》をつくり、がらんとした廊下《ろうか》を行進《こうしん》して、職員《しょくいん》休憩室《きゅうけいしつ》におしかけました。そこでは六人《にん》の先生《せんせい》がたがしずかな夕《ゆう》べのひとときをすごしていらっしゃいました。わたしたちはセレナードがわりに校歌《こうか》を合唱《がっしょう》し、キャンディーをささげました。先生《せんせい》がたは礼儀正《れいぎただ》しく、けれどおっかなびっくりおうけとりになりました。キャンディーをしゃぶって、口《くち》がくっついて、ものもいえなくなった先生《せんせい》がたをあとに、わたしたちはひきあげました。

というぐあいです、おじさま、わたしの教育《きょういく》の進歩《しんぽ》していること！

作家《さっか》のかわりに画家《がか》になるべきではないでしょうか。

あと二日《か》でお休《やす》みもおしまい、またみんなにあえるのがたのしみ。この塔《とう》は、ほんのちょっぴりさびしすぎるわ、四百人用《ひゃくにんよう》の家《いえ》は、九人《にん》では中身《なかみ》がしょうしょうすけてがたつきます。

便《びん》せん十一枚《まい》――かわいそうなおじさま、さぞやおつかれでしょう！　ほんの短《みじか》いお礼《れい》の手紙《てがみ》にするつもりだったのに――いったん書《か》きはじめると、どうもわたしのペンはすべりすぎるようです。

さようなら――お心《こころ》づかいありがとうございます。わたしは完全《かんぜん》にしあわせです。地平線《ちへいせん》の上《うえ》のちっちゃな黒雲《くろくも》をのぞいては。二月《がつ》に試験《しけん》があるのです。

愛《あい》をこめて　　ジュディ

追伸《ついしん》　愛《あい》をこめてなんていうのは失礼《しつれい》でしょうか。もしそうだったら、おゆるしください。けれど、わたしだってだれかを愛《あい》さずにはいられないし、だれかといったってあなたとミセス・リペットしかいないんです、ということは、つまり――ねえおじさま、がまんしてちょうだい、わたしにはミセス・リペットは愛《あい》せませせん。

その前夜《ぜんや》

あしながおじさん

大学《カレッジ》じゅうの勉強《べんきょう》ぶりを見《み》せてあげたい！　お休《やす》みがあったなんてうそみたい。過去《かこ》四日《か》のあいだに、五十七の不規則動詞《ふきそくどうし》を頭《あたま》のなかにつめこみました――試験《しけん》がおわるまでこのままそっとしておきたい。

勉強《べんきょう》のおわった教科書《きょうかしょ》を売《う》ってしまう人《ひと》もいますが、わたしはとっておくつもり。そうすれば、いわば学校《がっこう》そのものを本《ほん》だなにならべておくようなものです。こまかいことをしらべる必要《ひつよう》があれば、すぐにたすけてもらえます。ならったことを頭《あたま》のなかにしまっておくよりずっとらくだし、ずっと正確《せいかく》。

さっきジュリア・ペンドルトンがやってきて、まるまる一時間《じかん》おしゃべりしてゆきました。社交的訪問《しゃこうてきほうもん》というやつ。ジュリアは家《いえ》がらという話題《わだい》で話《はな》しはじめ、わたしは話《はなし》をかえようとしたけれど、どうしてもだめ。わたしの母《はは》の結婚《けっこん》まえの姓《せい》はなんというのか知《し》りたがるんです——孤児院《こじいん》からきた人間《にんげん》にむかって、なんというぶしつけな質問《しつもん》！　知《し》らないという勇気《ゆうき》がなくて、わたしはみじめにも頭《あたま》にうかんだ最初《さいしょ》の名《な》を口《くち》にしてしまいました。モンゴメリーっていうんです。そうしたらこんどは、それはマサチューセッツ州《しゅう》のモンゴメリー家《け》か、それともヴァージニア州《しゅう》のモンゴメリー家《け》かですって。

ジュリアのおかあさんは、ラザフォード家《け》の出《で》なんです。この一族《いちぞく》は、ノアの箱舟《はこぶね》にのってやってきて、ヘンリー八世《せい》の親類《しんるい》なんです。おとうさんのほうの血《ち》すじは、アダムよりもっとさきまでたどれるし、系図《けいず》のいちばんてっぺんの枝《えだ》には、とくべつに長《なが》いしっぽと、絹《きぬ》みたいなとてもきれいな毛《け》の、優秀《ゆうしゅう》なサルの一種《いっしゅ》がいるって寸法《すんぽう》です。

今夜《こんや》は上品《じょうひん》でほがらかでたのしい手紙《てがみ》を書《か》くつもりだったのに、ねむくてそれに——心配《しんぱい》。一年生《ねんせい》って、けっこう苦労《くろう》がおおい。

試験《しけん》をあすにひかえて　　　ジュディ・アボット

日曜日《にちようび》

あしながおじさん

こまったこまったこまったこまった。いやなニュース、だけどそれはあとまわしにします。まずあなたをごきげんにしておいてから。

ジルーシャ・アボット、作家《さっか》としての第《だい》一歩《ぽ》をふみだす。「塔《とう》から」という題《だい》の詩《し》が、校友会雑誌《こうゆうかいざっし》の二月号《がつごう》にのります――しかも巻頭《かんとう》に。一年生《ねんせい》にとってはたいへんな名誉《めいよ》。ゆうべ礼拝堂《チャペル》からのかえりがけに国語《こくご》の先生《せんせい》がわたしをよびとめて、あれはなかなか魅力《みりょく》のある作品《さくひん》だ、六行《ぎょう》めは脚韻《きゃくいん》がおおすぎるけれど、とおっしゃいました。もし読《よ》んでくださるんでしたら、うつしをおくります。

なにかもっとほかにおもしろいことはなかったかしら――ああ、そうだ！　スケートをならってます。もうひとりでかなりじょうずにすべりまわれます。それから、体育館《たいいくかん》の天《てん》じょうからロープをつたってすべりおりることもおそわったし、走《はし》り高《たか》とびは三フィート六インチとべます――もうすぐ四フィートになると思《おも》う。（一インチは二・五四センチ　一フィートは十二インチ）

けさはアラバマの司教《しきょう》さまのお説教《せっきょう》を聞《き》いて、とても元気《げんき》づけられました。「汝《なんじ》ら人《ひと》をさばくなかれ、さばかれざらんためなり」というお話《はなし》で、他人《たにん》のあやまちを大目《おおめ》に見《み》る必要《ひつよう》と、きびしくさばいて、人《ひと》の心《こころ》をくじけさせてはならないということについてとかれました。あなたにも聞《き》いていただきたいところでした。

お日《ひ》さまがいっぱいで、まぶしくてめくらになってしまいそうな冬《ふゆ》の午後《ごご》です。モミの木《き》にさがったつらからポタポタしずくがおちてきます。見《み》わたすかぎりの世界《せかい》は、雪《ゆき》の重《おも》みにうなだれて――でもわたしだけはちがう、わたしは悲《かな》しみの重《おも》みにうなだれてます。

さあ、いよいよニュース、勇気《ゆうき》だ、ジュディ！　いわずにすむようなことじゃないんだから。

ほんとにごきげんでしょうね、いま。わたし、数学《すうがく》とラテン語《ご》の試験《しけん》におちました。この二課目《かもく》の個人《こじん》教授《きょうじゅ》をうけているところです。来月《らいげつ》、追試験《ついしけん》をうけます。もしがっかりなさったらごめんなさい、だけどわたしのほうはほんとは平気《へいき》なんです。時間割《じかんわり》にないうんとたくさんのことを、わたしはおぼえたんですもの。

小説《しょうせつ》を十七さつと、詩《し》をあびるほど読《よ》みました――〈虚栄《きょえい》の市《いち》〉や〈リチャード・フィーヴァレル〉や〈不思議《ふしぎ》の国《くに》のアリス〉は一どは読《よ》んどかなきゃいけない作品《さくひん》だし、ほかにもエマスンの〈エッセイ集《しゅう》〉、ロックハートの〈スコット伝《でん》〉、それにギボンの〈ローマ帝国史《ていこくし》〉第《だい》一巻《かん》、ベンヴェヌート・チェリーニの〈自伝《じでん》〉――チェリーニってけっさくな人《ひと》ね。ぶらっと散歩《さんぽ》にでて、ちょっと人殺《ひとごろ》しをするなんてのが朝飯前《あさめしまえ》なんですって。

このとおり、おじさま、ラテン語《ご》なんかにかじりついていては、これほどおりこうにはなれませんでした。もう二どと落第《らくだい》はしないとお約束《やくそく》したら、こんどだけはゆるしていただけますか？

目下謹慎中《もっかきんしんちゅう》　ジュディ

あしながおじさん

今夜《こんや》はなんだかさびしいんです、で、これは月《つき》なかばの番外《ばんがい》のお手紙《てがみ》。ひどいあらしです。雪《ゆき》がわたしのいるこの塔《とう》をたたきつけるみたいないきおいでふってきます。大学《カレッジ》のなかのあかりはみんなきえてしまっているのですが、わたしはブラック・コーヒーを飲《の》んだおかげで、眠《ねむ》れません。

今夜《こんや》は夕食会《ゆうしょくかい》をしました。

サリーにジュリアにレオノーラ・フェントン──そしてサーディンとあたためなおしたマフィンとサラダとチョコレートいりのお菓子《かし》とコーヒーと。ジュリアはたのしかったわとのたまっただけでしたが、サリーはのこってお皿洗《さらあら》いを手《て》つだってくれました。

今夜《こんや》みたいなときこそ、能率的《のうりつてき》にラテン語《ご》を勉強《べんきょう》できるいいチャンスなんでしょうが、わたしはラテン語《ご》の勉強《べんきょう》にかけては、うたがいもなくたいへんななまけ者《もの》です。「リヴィ」と「デ・セネクテューテ」をおわって、「デ・アミキティア」（これをもじれば、ダム・イキティア、すなわちいまいましいイキティア）にはいっています。

わたしのおばあさまのふりをなさるのはおいや？　ほんのちょっとでいいんですけど。サリーにはひとり、ジュリアとレオノーラにはふたりずつおばあさまがあって、今夜《こんや》みんなでおばあさまのくらべっこをしてました。わたしにもいたらいいなあって、そのことしか考《かんが》えられなかった。おばあさんって、とてもかっこいいんですもの。

そこで、もしほんとにおいやでなかったら──きのう、町《まち》へいったときに、ラヴェンダー色《いろ》のリボンでふちどりした、とてもかわいいクリュニー・レースの帽子《ぼうし》をみつけたんです。それをあなたの八十三のお誕生日《たんじょうび》のプレゼントにしようと思《おも》うのですが。

！！！！！！！！！！！！

これは礼拝堂《チャペル》の鐘《かね》が、十二時《じ》を打《う》ったところ、やっとねむくなってきたようです。

おやすみなさい、
大《だい》すきなおばあちゃま。

三月《がつ》十五日《にち》

おじさま

ラテン語《ご》の作文《さくぶん》を勉強《べんきょう》してます。ずっと勉強《べんきょう》してきて、これからも勉強《べんきょう》して、まだまだ勉強《べんきょう》しつづけて、追試験《ついしけん》はつぎの火曜日《かようび》第七時限《だいじげん》、合格《ごうかく》かしからずんば無《む》か。仮及第《かりきゅうだい》から解放《かいほう》されて、しあわせでにこにこか、それともばらばらになってるか、つぎの手紙《てがみ》、乞御期待《こうごきたい》。

試験《しけん》がすんだら、ちゃんとした手紙《てがみ》を書《か》きます。今夜《こんや》はラテン語《ご》の奪格《だつかく》と大《おお》いそぎのデート。

息《いき》つぐひまもない　J・A

あしながスミス殿《どの》

拝啓《はいけい》。なにをもうしあげても、なしのつぶてなんですね。わたしがなにをしようが、そんなことかまっちゃいられないというわけですか。にくらしい理事《りじ》たちのなかでも、いちばんにくらしいかたなんですね、あなたって。わたしを教育《きょういく》してくださるのも、わたしのためではなくて、あなたの義務感《ぎむかん》のためです。

わたしはあなたについて、なにひとつ知《し》りません。名《な》まえさえ知《し》りません。人間《にんげん》じゃないそんな「物体《ぶったい》」に手紙《てがみ》を書《か》くのは、なんともはりあいのないことです。あなたは、どうせ読《よ》みもせずにくずかごにほうりこんでしまうのでしょうが、これからは学課《がっか》のことだけ書《か》きます。

ラテン語《ご》と幾何《きか》の追試験《ついしけん》は、先週《せんしゅう》すみました。両方《りょうほう》に合格《ごうかく》、仮及第《かりきゅうだい》ではなくなりました。

敬具《けいぐ》

ジルーシャ・アボット

四月二日《がっか》

あしながおじさん

わたしは人《ひと》でなしです。

先週《せんしゅう》おだししたあの最低《さいてい》な手紙《てがみ》のこと、どうかなかったことにしてください。あれを書《か》いた晩《ばん》は、すごくさびしくて、ゆううつで、のどがいたかったんです。自分《じぶん》では気《き》がつかなかったんだけど、へんとうせんやインフルエンザや、そのほかいろんなのがまじった病気《びょうき》になりかかってたのです。

いま、病棟《びょうとう》にいます。もう六日《か》も。きょうはじめて、からだをおこしてペンと紙《かみ》をもってもいいとおゆるしがでました。婦長《ふちょう》さんはひどく親分風《おやぶんかぜ》をふかせます。わたしはずっとあの手紙《てがみ》のことを思《おも》いつめていて、ゆるしてくださらないうちは、病気《びょうき》がなおりそうにありません。

これがいまのわたしの図解《ずかい》、頭《あたま》のほうたいがウサギの耳《みみ》みたい。同情心《どうじょうしん》がわかない？ 舌下腺肥大《ぜっかせんひだい》なんです。

この一年《ねん》、生理学《せいりがく》を勉強《べんきょう》してきたけれど、舌下腺《ぜっかせん》なんて聞《き》いたことなかった。教育《きょういく》なんてたよりないもんですね！

もうこれいじょう書《か》けません。あまり長《なが》くおきてると、まだふらふらするんです。なまいきで恩知《おんし》らずなわたしを、どうかゆるしてください。そだちがわるいんです。

愛情《あいじょう》をこめて　ジュディ・アボット

病棟《びょうとう》にて　四月四日《がっか》

大《だい》すきなあしながおじさん
きのうの夕方《ゆうがた》、ちょうど暗《くら》くなりかけのころ、ベッドにおきなおって、外《そと》の雨《あめ》をながめ、大《おお》きな病舎《びょうしゃ》での生活《せいかつ》をひどくたいくつに感《かん》じていたところへ、看護婦《かんごふ》さんが、わたしあての長《なが》っぽそい白《しろ》い箱《はこ》をもっ

 ミス・ジルーシャ・アボットより　ミスター・あしながスミスあての手紙

てきました。

あけてみると、最高《さいこう》にきれいなピンクのバラのつぼみがいっぱい。おまけにもっとすてきなことには、ななめにおじぎしてるおかしな小《ちい》さな字《じ》で（でもとてもよく個性《こせい》のでてる字《じ》で）書《か》かれた、ていねいなお見舞《みま》いのカードがはいってました。ありがとう、おじさま、ほんとに、ほんとにありがとう。わたしが生《う》まれてはじめてもらった、ほんものの、ほんとうのプレゼントです。わたしがどんなにあまえんぼか白状《はくじょう》します。わたし、ベッドにつっぷしてわんわん泣《な》いてしまいました。あんまりしあわせで。

あなたはたしかにわたしの手紙《てがみ》を読《よ》んでくださっている。これからは赤《あか》いリボンをかけて金庫《きんこ》にしまっておいてもいいくらいの、興味《きょうみ》しんしんたる手紙《てがみ》を書《か》きます――ただ、あのにくらしい一通《つう》だけは、どうかぬきだして焼《や》いてしまってください。あの手紙《てがみ》を読《よ》みかえされるなんて、考《かんが》えただけでぞっとします。

病気《びょうき》で、ごきげんななめで、ゆううつな一年生《ねんせい》を元気《げんき》づけてくださってありがとう。あなたにはきっとたくさんの愛《あい》する家族《かぞく》や友《とも》だちがおありで、ひとりでいるってことがどういうことかごぞんじないと思《おも》います。でもわたしはちがうの。

さよなら――もう二どとにくまれ口《ぐち》はたたきません。あなたが血《ち》のかよってる人間《にんげん》だとわかったから。それから、あれこれうるさく質問《しつもん》もしません。

それでもまだ女《おんな》の子《こ》はおきらい？

いつまでもあなたの
ジュディ

月曜日《げつようび》　第《だい》八時限《じげん》

あしながおじさん

あなたはヒキガエルの上《うえ》に腰《こし》かけてしまったあの理事《りじ》さんじゃないでしょうね。ヒキガエルは――また聞《ぎ》きだけど――パチンとつぶれたんですって、だからきっと、もっとふとった理事《りじ》さんだったんだわ。

ジョン・グリーア孤児院《ホーム》の洗《せん》たく場《ば》の窓《まど》のわきに、格子《こうし》のはまった小《ちい》さなくぼみがいくつかあったのをおぼえていらっしゃいますか？　まい年春《としはる》になって、ヒキガエルのでてくる季節《きせつ》になると、わたしたちはそれを採集《さいしゅう》してきては、その窓《まど》のところの穴《あな》にしまっておくのでした。するとそれはときどき洗《せん》たく場《ば》へついらくして、洗《せん》たく日《び》にはとてもゆかいな大《おお》さわぎになるのでした。かくのごとき大活躍《だいかつやく》にたいしては、きびしい罰《ばつ》がつきものでしたが、どんなにこらしめられても、ヒキガエルはいつのまにかまた、あつまってました。

そしてある日《ひ》――くどくどお話《はな》ししてあなたをうんざりさせたくありませんが――とにかく、ヒキガエルのなかでもとくべつでぶで、でかで、おいしそうな一ぴきが、理事室《りじしつ》のあの大《おお》きな皮《かわ》ばりのひじかけいすにまよいこんでいて、その日《ひ》の午後《ごご》の理事会《りじかい》で――でも、あなたも現場《げんば》にいらしたのでしょうから、それからさきはご記憶《きおく》でしょう？

ときをへだてて冷静《れいせい》にふりかえってみると、あのときうけたおしおきはとうぜんだったし――かけ値《ね》なしに――たっぷりしたものでした。

どうしてこんな回想《かいそう》ムードなのかしら、春《はる》になってヒキガエルがはいだしてくると、いつもかのなつかしい本能《ほんのう》がよびさまされはするものの。わたしがいまヒキガエルを採集《さいしゅう》する気《き》になれないただひとつのわけは、ここにはそれを禁《きん》ずる規則《きそく》がないからです。

お祈《いの》りのあと　木曜日《もくようび》

わたしの愛読書《あいどくしょ》ってなんだと思《おも》う？　つまりこのたったいまの。三日《か》ごとにかわるんですけど。「嵐《あらし》が丘《おか》」。エミリー・ブロンテは、まだとても若《わか》いころこれを書《か》いたのですが、それまでホーワースの教会《きょうかい》の境内《けいだい》から一歩《いっぽ》も外《そと》へでたことがなく、また生涯《しょうがい》にただのひとりも男《おとこ》の人《ひと》を知《し》らなかったんです。ヒースクリフのような男《おとこ》を、いったいどうやって想像《そうぞう》することができたんでしょう？

わたしにはそんなことできなかった。わたしだってとても若《わか》いし、ジョン・グリーア孤児院《ホーム》から外《そと》へでたこともない――わたしにだっていくらでもチャンスはあるのに、ときどきわたしは天才《てんさい》じゃないんじゃないかという、おそろしい不安《ふあん》におそわれます。もしわたしが大作家《だいさっか》にならなかったら、おじさま、失望《しつぼう》落《らく》たんしてしまう？　春《はる》になって、生《い》きとし生《い》けるものがすべてこんなに美《うつく》しく、新鮮《しんせん》で、いきいきしてくると、わたしは勉強《べんきょう》なんかおっぽりだしておもてへかけだし、うららかな天気《てんき》とあそびたくなります。野原《のはら》には冒険《ぼうけん》がいっぱい？　本《ほん》を書《か》くよりも、本《ほん》に書《か》いてあることを実行《じっこう》するほうが、ずっとたのしい。

キャーッ！！！！

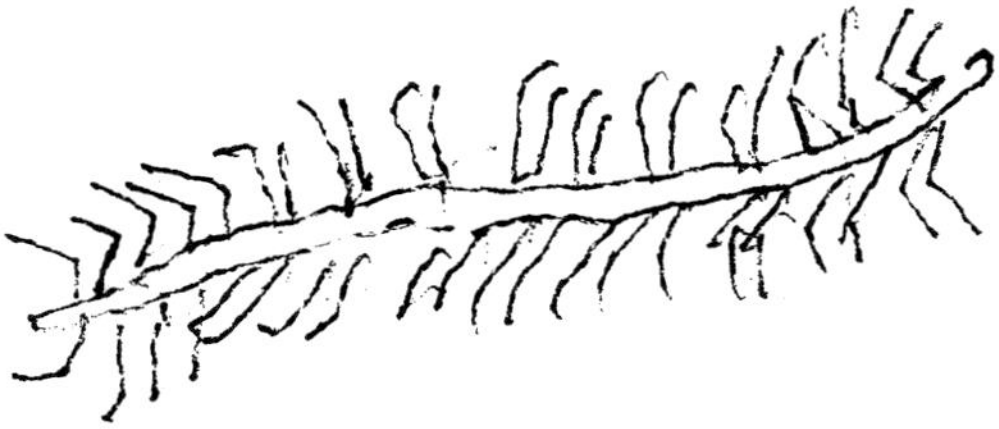

この悲鳴《ひめい》に、サリーと、ジュリアと、廊下《ろうか》のむこうの四年生《ねんせい》まで（もうしわけない）とんできました。図《ず》のごときムカデがその原因《げんいん》。ほんものはもっといやらしいの。ちょうどおしまいの行《ぎょう》を書《か》きおえて、つぎはなにを書《か》こうかなって考《かんが》えてるさいちゅうに――ポタッ！――天《てん》じょうからわたしのそばへ着陸《ちゃくりく》。とびのいたひょうしに、テーブルの茶《ちゃ》わんを二つおっことしてしまいました。サリーがわたしのヘア・ブラシの背中《せなか》でそいつをピシャッとやって――ヘア・ブラシはもう二どとつかう気《き》になれません――頭《あたま》のほうはやっつけたのですが、しっぽのほうの五十本《ぽん》の足《あし》は、たんすの下《した》へ走《はし》りこんでにげてしまいました。

この寮《りょう》は、古《ふる》いうえに壁《かべ》にツタがからんでるので、ムカデだらけ。まったくいやな生《い》きものですね。ベッドの下《した》からトラがでてくるほうがまだましだわ。

金曜日《きんようび》　午後《ごご》九時半《じはん》

ご難《なん》つづき！

起床《きしょう》のベルを聞《き》きのがして、あわてて着《き》がえしてるうちにくつのひもはきれるし、カラーのボタンは背中《せなか》にはいっちゃうし、朝《あさ》ごはんに遅刻《ちこく》、一時間《じかん》めの授業《じゅぎょう》にも遅刻《ちこく》、吸《す》い取《と》り紙《がみ》をわすれたうえに万年筆《まんねんひつ》はもるし、三角法《さんかくほう》の時間《じかん》には対数《たいすう》のことで先生《せんせい》と対立《たいりつ》、しらべてみたら先生《せんせい》の勝《か》ち、お昼《ひる》にはヒツジのシチューとパイ・プラント（パイ料理の一種）がでて、うんざり――孤児院《こじいん》の味《あじ》、手紙《てがみ》は請求書《せいきゅうしょ》ばかり（でもほかになにがくるっていうの？　わたしの家族《かぞく》は完《かん》ぺきな筆《ふで》ぶしょう）。午後《ごご》の国語《こくご》の時間《じかん》には、ふいうちの筆記試験《ひっきしけん》。これが問題《もんだい》。

ただひとつのものがほしかった
ただひとつのものはなかった
いのちとひきかえにもできたのに
偉大《いだい》なその商人《しょうにん》はほほえんだ

ブラジル？　ボタンをいじくりながら
わたしのほうに目《め》もくれずにかれはいった
けれど、奥《おく》さま、ほかにはなんのご注文《ちゅうもん》もないんですか？

これは詩《し》です。だれが書《か》いたものなのかも、なにを意味《いみ》してるのかも知《し》りません。教室《きょうしつ》にはいったら、これが黒板《こくばん》に書《か》いてあって、感想《かんそう》を書《か》きなさいといわれました。第《だい》一節《せつ》を読《よ》んだとき、わかりかけたような気《き》がしました――偉大《いだい》な商人《しょうにん》というのは、よいおこないにたいして祝福《しゅくふく》をあたえてくれる神《かみ》のことだ――ところが第《だい》二節《せつ》を読《よ》むとかれはボタンをいじくってるんです。

これはどうも神《かみ》をけがすような仮定《かてい》に思《おも》えて、いそいで考《かんが》えをかえました。クラスのほかの連中《れんちゅう》もわたしとおなじ状態《じょうたい》で、わたしたちはみんな四十五分間《ふんかん》、からっぽの頭《あたま》で、白紙《はくし》とにらめっこ。教育《きょういく》を身《み》につけるって、なんとくたびれるんでしょう！

けれど、それでもまだ一日《にち》はおわりじゃなかった。もっとひどいことがあったんです。

雨《あめ》でゴルフができなくて、体育館《たいいくかん》へゆかざるをえませんでした。そしたらとなりの子《こ》のインディアン・クラブ（体操用具の一つ）がわたしのひじにゴツン、へやにかえると新《あたら》しいブルーの春《はる》の服《ふく》がとどいていたのはいいのですが、スカートがきちきちで腰《こし》をおろすこともできないというしまつ、金曜日《きんようび》はそうじの日《ひ》ということで、女中《じょちゅう》さんがわたしの机《つくえ》の上《うえ》の書類《しょるい》をごちゃごちゃにしてしまい、デザートには墓石《トムストーン》（ヴァニラのにおいをつけたミルクゼリー）を食《た》べさせられ、「女《おんな》らしい女《おんな》」についてのお説教《せっきょう》を聞《き》くためにいつもより二十分《ぷん》も長《なが》く礼拝堂《チャペル》に居《い》のこりさせられ、それからやっと――ほっとしてためいきをひとつついて「ある婦人《ふじん》の肖像《しょうぞう》」を読《よ》もうと腰《こし》をすえたところへ、アッカレーという、のっぺり顔《がお》で、死人《しにん》みたいで、ときどきじゃなくてのべつばかな女《おんな》の子《こ》がはいってきました。名《な》まえがAではじまるので（ミセス・リペットがわたしにZではじまるザブリスキって名《な》まえでもつけといてくれればよかったのに）、ラテン語《ご》のクラスではわたしのとなりなの、その子《こ》が月曜《げつよう》の授業《じゅぎょう》は六十九節《せつ》からやるのか、それとも七十節《せつ》からかって、ききにきて、けっきょく一時間《じかん》もぐずぐずしていきました。いまかえったところ。

こんなついてないことの連続《れんぞく》なんて、聞《き》いたことある？　人生《じんせい》でりっぱな人格《じんかく》が必要《ひつよう》になってくるのは大事件《だいじけん》がおこったときじゃありません。いざというときにはだれだってしゃんとするものだし、大悲劇《だいひげき》にならば勇敢《ゆうかん》に面《めん》とむかうことができます。だけど、日常《にちじょう》のみみっちいいざこざをわらいとばすってことは――これこそ根性《こんじょう》がいるわ。

わたしがのばしてゆきたいのは、そんな種類《しゅるい》の性格《せいかく》です。人生《じんせい》ってのはできるだけじょうずに、できるだけ公平《こうへい》にやらなきゃいけない一種《いっしゅ》のゲームだと考《かんが》えることにするつもり、負《ま》ければ肩《かた》をすくめてわらってやるし、勝《か》ってもおなじこと。

ともあれ、わたしは元気者《げんきもの》になります。ジュリアがシルク・ストッキングをはこうがムカデが壁《かべ》からおちてこようが、おじさまに泣《な》きごとはいいません。

お返事《へんじ》をすぐ。

いつまでもあなたの　　　ジュディ

五月二十七日《がつ》《にち》

あしながおじうえ殿《どの》　足下《そっか》

拝啓《はいけい》。ミセス・リペットより来信《らいしん》あり、わたくしが操行《そうこう》においても、学課《がっか》においても好成績《こうせいせき》をあげることをのぞまれる由《よし》、なお、今夏《こんか》、わたくしには格別《かくべつ》ゆくところもなかろうから、孤児院《こじいん》にもどることを許可《きょか》し、新学期《しんがっき》まで食事《しょくじ》つきではたらかせてくださるとのこと。

ジョン・グリーア孤児院《ホーム》なんてまっぴらごめん
孤児院《こじいん》にもどるくらいなら、死《し》をえらぶ所存《しょぞん》。

再拝
ジルーシャ・アボット

親愛《しんあい》ナルアシノナガイおじさん

アナタハほんとにいいかたデス。

農園《のうえん》のこと、ワタシハヒジョウニ幸福《こうふく》デス。ナゼナラバワタシハコレマデノ生涯《しょうがい》ニオイテ、農園《のうえん》に一ドモイッタコトガナイ。ソシテジョン・グリーアニカエッテ夏《なつ》ジュウ皿洗《さらあら》いするなんて、まっぴらです。あすこへかえったりしたら、ナニカオソロシイコトがおこるおそれがあります。ナゼナラバカッテノ引《ひ》けめハモウナクナッテイルノデ、イツカきっとたまらなくなって、孤児院《こじいん》ジュウの、お皿《さら》やコップをたたきつけてこなごなにしてしまうことでしょう。

こんな紙《かみ》に、コンナカンタンナ手紙《てがみ》デ、失礼《しつれい》シマス。ニュースをお知《し》らせすることがデキマセン。いま、フランス語《ご》の時間《じかん》チュウデス、モウジキ先生《せんせい》がわたしをあてそうなので、ビクビクシテマス。

そらきた！

サヨナラ

ワタシハアナタヲタクサン愛《あい》シマス
ジュディ

五月《がつ》三十日《にち》

あしながおじさん
ここの校庭《キャンパス》をごらんになったことがある？（これはたんなることばのあや、気《き》になさらないで。）五月《がつ》になるとまるで天国《てんごく》。灌本《かんぼく》には花《はな》がさきこぼれ、木々《きぎ》には美《うつく》しい新緑《しんりょく》――年《とし》よりの松《まつ》の木《き》まで若《わか》がえります。野原《のはら》は黄色《きいろ》いタンポポと青《あお》や白《しろ》やピンクのドレスの何百人《なんびゃくにん》もの女《おんな》の子《こ》たちとの水玉《みずたま》もよう。だれもかれもがうきうき、のびのび。夏休《なつやす》みが近《ちか》づいてるんです。それを思《おも》えば、試験《しけん》なんてへっちゃら。

ほんとにすてきな気分《きぶん》よ、それに、ああおじさま、わたしはなかでもいちばんしあわせ！　もう孤児院《こじいん》にはいないんだもの、それにだれかの子守《こも》りでもないし、タイピストでも、事務員《じむいん》でもない（あなたがいらっしゃらなかったら、そうなるよりほかなかったのに）。

いままでは、むかしやったわるいこと、みんなすまなかったと思《おも》います。

ミセス・リペットにたてついたこと、すまなかったと思《おも》います。

フレディ・パーキンスをひっぱたいたりして、すまなかったと思《おも》います。

砂糖《さとう》つぼにわざと塩《しお》をいれたりして、すまなかったと思《おも》います。

理事《りじ》さんたちのうしろで、あかんべなんかして、わるかったと思《おも》います。だれにたいしても、善良《ぜんりょう》で、やさしくて、親切《しんせつ》な人間《にんげん》になろうと思《おも》います、だってこんなにしあわせなんだもの。そしてことしの夏《なつ》は、書《か》きに書《か》いて書《か》きまくって、大作家《だいさつか》になりかけるつもりです。りっぱなかくごでしょう？　ああ、わたしってだんだんいい子《こ》になってゆくんだわ。寒《さむ》さや霜《しも》にあえばしおれもするけど、お日《ひ》さまがかがやけばぐんぐんとそだつ！

だれだっておなじこと、逆境《ぎゃっきょう》や悲《かな》しみや失望《しつぼう》が道徳的《どうとくてき》な強《つよ》さをつちかうなんて説《せつ》、わたしは賛成《さんせい》しない。しあわせな人《ひと》こそ、やさしさでいっぱいなものです。わたしは人間《ミザンスロープ》ぎらい（ちょっとした単語《たんご》！　ならいたてのほやほや）なんて信用《しんよう》しません。おじさま、あなたは人間《にんげん》ぎらいじゃないでしょうね？

大学《カレッジ》のなかのことを話《はな》しはじめていたんでしたっけ。あなたがちょっとここへ寄《よ》ってくださって、わたしを案内人《あんないにん》にして、

「あれが図書館《としょかん》。これがガス設備《せつび》一式《しき》よ。おじさま。左《ひだり》のほうのゴシックふうの建物《たてもの》が体育館《たいいくかん》で、その横《よこ》のテュードル・ロマネスクふうのが、新《あたら》しくたった病棟《びょうとう》。」なんていわせてくださるといいんだけどなあ。

わたしって、人《ひと》を案内《あんない》するのがうまいのよ。孤児院《こじいん》でずっとやってきたし、現《げん》にきょうも一日《にち》じゅうやってたんです、ほんとに。

それも男《おとこ》の人《ひと》を！

すごい経験《けいけん》、わたしはいままで男《おとこ》の人《ひと》と話《はな》したことなんかなかったんです（ときどき理事《りじ》さんとし

たのはべつ、だけどそれは問題外《もんだいがい》）。失礼《しつれい》、おじさま。理事《りじ》さんのことをわるくいっても、あなたの気持《きも》ちを傷《きず》つけるつもりはないんです。わたしは、あなたがほんとにかれらの同類《どうるい》だとは思《おも》わないんです。あなたはなにかのはずみで理事会《りじかい》にころがりこんでしまっただけ。理事《りじ》なる存在《そんざい》は、でっぷりふとって、もったいぶって、なさけぶかいものです。頭《あたま》をなでてくれ、金《きん》ぐさりをぶらさげてるんです。これはコガネムシみたいですけど、あなたをのぞく理事《りじ》の肖像《しょうぞう》。

それはさておき――

わたしは男《おとこ》の人《ひと》と、散歩《さんぽ》し、おしゃべりし、いっしょにお茶《ちゃ》をいただきました。とてもりっぱなかた――ジュリアと家《いえ》がらをおなじくする、ミスター・ジャーヴィス・ペンドルトン、短《みじか》くいえば（長《なが》くいえばというべきかな、あなたとおなじくらいのっぽだから）ジュリアのおじさん。しごとで町《まち》へいらしたついでにひとっ走《ぱし》り大学《カレッジ》へいって、めいにあうことにしたというしだい。ジュリアのおかあさんのいちばん下《した》の弟《おとうと》さんだそうですが、ジュリアはそんなによくは知《し》らないの。ジュリアがあかんぼうのころにちらっと見《み》て、すきにならないことにきめて、あとはそのままというところらしい。とにかく、かれがそこにいたってわけ、応接室《おうせつしつ》に、手《て》ぶくろとステッキと帽子《ぼうし》をかたわらに、ひどくまじめくさって。ジュリアとサリーは七時間《じかん》めの授業《じゅぎょう》をサボるわけにいかず、そこでジュリアがわたしのへやにとんできて、大学《カレッジ》のなかを案内《あんない》して、七時間《じかん》めがおわったらかれを自分《じぶん》のところにつれてきてくれってたのむんです。いいわよってわたしは義務的《ぎむてき》かつ事務的《じむてき》にいいました、ペンドルトン家《け》の人《ひと》たちなんて興味《きょうみ》ないもの。

ところが、その人《ひと》ったらやさしい、感《かん》じのいい人《ひと》、ほんものの人間《にんげん》で、ぜんぜんペンドルトン人《じん》じゃないんです。すてきなひとときでした。それいらい、おじさんがほしくてほしくて。おじさんのふりをしてくださる？　おばあさまよりずっといい。

ペンドルトンさんはちょっとばかり、おじさま、あなたのことを思《おも》いださせます、二十年《ねん》まえのあなたのことを。おあいしたことなくっても、よくわかってるでしょう！　かれはのっぽで、やせっぽちで、浅黒《あさぐろ》い顔《かお》にしわがいっぱいで、とてもおかしなふくみわらいをするんです。口《くち》のはじっこをちょっと上《うわ》むきにしわをよせるだけで、わらいはかくれたまま。そのくせとたんに百年《ひゃくねん》の知己《ちき》みたいに感《かん》じさせるんです。とてもゆかいな人《ひと》。

中庭《なかにわ》から運動場《うんどうじょう》まで、大学《カレッジ》のなかをぜんぶ歩《ある》きまわりました。それからかれは、つかれた、お茶《ちゃ》を飲《の》まなくちゃだめだ、カレッジ・イン——松並木《まつなみき》を通《とお》って大学《カレッジ》と目《め》と鼻《はな》の先《さき》——にゆこうっていいだしました。わたしはジュリアとサリーをよびにいかなくちゃといったのですが、かれはめいたちにはあまりお茶《ちゃ》を飲《の》ませたくない、神経質《しんけいしつ》にするからっていうのです。そこでふたりだけでぬけだして、バルコニーにあるちっちゃなきれいなテーブルでお茶《ちゃ》とマッフィンと、マーマレードとアイスクリームとお菓子《かし》をいただきました。いいぐあいにがらあきでした。月末《げつまつ》で、みんなピンチだからです。

ほんとにすてきなひとときでした！　けれど大学《カレッジ》にもどるやいなやもう汽車《きしゃ》にかけつけなければならない時間《じかん》で、かれはジュリアにあうやあわず、かの女《じょ》はわたしがおじさんをとったといってかんかん、どうやらものすごいお金持《かねも》ちで、人気《にんき》もあるらしいわ。お金持《かねも》ちと聞《き》いてわたしはひと安心《あんしん》、お茶《ちゃ》やなにかがひとり六十セントもしたんですもの。

けさ（いまはもう月曜日《げつようび》）チョコレートの箱《はこ》が三つ、速達《そくたつ》でジュリアとサリーとわたしにとどきました。どうお思《おも》いになる？　男《おとこ》の人《ひと》からキャンディーのプレゼントなんて！　すて子《ご》じゃなくて、一人前《いちにんまえ》の女《おんな》の子《こ》になったみたいな気持《きも》ちがしはじめました。

いつかあなたもここへいらして、お茶《ちゃ》を飲《の》んで、わたしがあなたをすきになるかどうかためしてくださるといいなあ。もしまんいち、すきになれなかったら、こわいわ。でもだいじょうぶ、すきになるにきまってる。

トイウコト！　正式《せいしき》のごあいさつをおくります。

「ケッシテアナタヲワスレハセヌゾ」

ジュディ

追伸《ついしん》　けさ鏡《かがみ》を見《み》ていて、いままで見《み》たこともないまったく新《あたら》しいえくぼを発見《はっけん》、ほんとにふしぎ、どこからきたんでしょう?

六月《がつ》九日《か》

あしながおじさん

うれしい日《ひ》! さいごの試験《しけん》——生理学《せいりがく》——がいますみました。さあ、いよいよ、三か月《げつ》の農場生活《のうじょうせいかつ》!

農場《のうじょう》ってどんなたぐいのものか知《し》りません。一どもいったことがないし、見《み》たことすらない(汽車《きしゃ》の窓《まど》からながめたことはあるけれど)。だけど自分《じぶん》でよくわかってるんです、わたしは農場《のうじょう》がすきになる、わたしは自由《じゆう》が大《だい》すきになるって。

いまだにわたしは、ジョン・グリーア孤児院《ホーム》の外《そと》にいるっていうことになじんでいません。孤児院《ホーム》のことを考《かんが》えるといつでも背筋《せすじ》がぞくぞくっとします。ミセス・リペットがうでを長《なが》くのばしてわたしをつかまえにおいかけてきてるんじゃないかと、しょっちゅう肩《かた》ごしにふりかえりながら、もっとはやく、もっとはやくって走《はし》ってなきゃならない、そんな気持《きも》ちなんです。

この夏《なつ》はだれにも気《き》がねしなくていいんですね?

あなたの権威《けんい》は名《な》まえだけ、わたしはちっともこまりません、わたしになにかなさるにはちょっとはなれすぎてますね。ミセス・リペットはすくなくともわたしにとっては、永久《えいきゅう》に死《し》んだも同然《どうぜん》、センプルさん夫婦《ふうふ》だってわたしが道徳的《どうとくてき》にちゃんとやってゆくかどうかを見《み》はるわけじゃないでしょう？　まさかね、そんなことはないにきまってる、わたしはもうどこからどこまでおとなだもの、ばんばんざい！

トランク一個《こ》、およびどびんやお皿《さら》やソファのクッションや本《ほん》やらの箱《はこ》三個《こ》、荷《に》づくりしますのでこれにて失礼《しつれい》。

いつまでもあなたの　ジュディ

追伸《ついしん》　生理学《せいりがく》の試験問題《しけんもんだい》を同封《どうふう》します。おじさま及第《きゅうだい》できると思《おも》う？

ロックウイロー農場《のうじょう》にて
土曜日《どようび》の夜《よる》

大《だい》すきなあしながおじさん

ついたばかりで、荷物《にもつ》もといてないのですが、農場《のうじょう》がどんなに気《き》にいったかお知《し》らせしたくてがまんできません。天国《てんごく》の上《うえ》の天国《てんごく》のそのまた上《うえ》の天国《てんごく》みたいなところ！　家《いえ》はこんなふうに四角《しかく》くて、そして古《ふる》いの、百年《ひやくねん》かそこらたってます。絵《え》にはかけませんけど、横《よこ》にベランダがあり、正面《しょうめん》にはかわいいポー

チがあります。こんな絵《え》じゃ家《いえ》にわるいわ――羽根《はね》のはたきみたいに見《み》えるのはカエデの木《き》で、車道《しゃどう》のふちのとげとげしたのは、風《かぜ》にサヤサヤと鳴《な》っている松《まつ》とツガの木《き》なんです。家《いえ》は丘《おか》のてっぺんにあって、何《なん》キロもつづいている青《あお》あおした牧場《ぼくじょう》とそのむこうの丘《おか》のつらなりまで見《み》はらせます。

コネティカット州《しゅう》はそんなふうにつづいてます、マルセル・ウェーヴっていう髪型《かみがた》みたいに。ロックウイロー農場《のうじょう》はそのウェーヴのひとつのてっぺんにあります。まえには道《みち》のむこうに納屋《なや》があって、ながめをじゃましていたんですが、親切《しんせつ》なかみなりさまが天《てん》からおっこちてきて焼《や》いてしまいました。

農場《のうじょう》にいるのはセンプルさんと奥《おく》さん、それに女《おんな》の人《ひと》ひとりと、男《おとこ》の人《ひと》ふたりがやとわれてます。この人《ひと》たちは台所《だいどころ》で、センプルさん夫婦《ふうふ》とジュディは食堂《しょくどう》でごはんを食《た》べます。夕食《ゆうしょく》にはハム・エッグスとビスケットとはちみつとジェリー・ケークとそれからパイとピクルスとチーズとお茶《ちゃ》とをいただきました――おしゃべりもたくさんしました。あんなに人《ひと》をおもしろがらせたのってはじめて、わたしのいうことはなにもかもおかしいらしいんです。思《おも》うに一どもいなかの生活《せいかつ》というものをしたことがなく、わたしのする質問《しつもん》ときたらすこぶるつきの無知《むち》にあとおしされてるからでしょう。

×じるしのついたへやは、人《ひと》ごろしのあったへやではありません、わたしの占領《せんりょう》してるへや。大《おお》きくて、四角《しかく》くて、がらんとしてますが、愛《あい》すべき古風《こふう》な家具《かぐ》と、つっかい棒《ぼう》であけるようになってる窓《まど》と、さわるとおっこちてくる緑色《みどりいろ》の日《ひ》よけ（金《きん》のふちどりつき）があります。それからもうひとつ、大《おお》きな四角《しかく》いマホガニーのテーブル――この夏《なつ》、わたしはその上《うえ》にひじをのばして、小説《しょうせつ》を書《か》いてすごすつもりです。

ああ、おじさま、わたしすごく興奮《こうふん》してます。ほうぼう探検《たんけん》したくて夜《よ》の明《あ》けるのが待《ま》ちきれない。いま八時半《じはん》、ろうそくをふきけして眠《ねむ》ろうとしなくては。五時《じ》にはおきるんです。こんなおもしろいことって知《し》ってる？　自分《じぶん》が自分《じぶん》じゃないみたい。信《しん》じられない。あなたと神《かみ》さまのおかげ、もったいない。わたし、もっともっともっといい人間《にんげん》になって、おかえしをしなくちゃ。決心《けっしん》してるんです、見《み》ててください。

おやすみなさい　　ジュディ

追伸《ついしん》　カエルがうたってます、小《こ》ブタがキイキイ鳴《な》いてます、聞《き》かせたい――この新月《しんげつ》も、見《み》せてあげたい！　えんぎをかついで右《みぎ》の肩《かた》ごしに、わたしは見《み》ました。（願いごとがかなうという西洋のまじない）

ロックウイロー　七月《がつ》十二日《にち》

あしながおじさん
あなたの秘書《ひしょ》はどうしてロックウイローのことを知《し》るようになったのかしら？（ことばのあやじゃありません、ほんとうにわかりたくてうずうずしてるの。）なぜって、まあ聞《き》いてください、ジャーヴィス・ペンドルトンさんが、まえにはこの農場《のうじょう》の持《も》ち主《ぬし》だったんです。それをむかし、乳母《うば》だったセンプルさんの奥《おく》さんにおあげになったんです。こんなおかしな偶然《ぐうぜん》の一致《いっち》って、聞《き》いたことある？　センプルさんの奥《おく》さんはいまだにペンドルトンさんのことを〈ジャーヴィーぼっちゃん〉ってよんでいて、どんなにかわいい男《おとこ》の子《こ》だったか話《はな》したがります。かれのあかんぼうのころの巻毛《まきげ》を箱《はこ》にしまいこんでるくらい、それは赤毛《あかげ》――すくなくとも赤《あか》みがかってるわ！

わたしがかれを知《し》ってることがわかってから、わたしにたいするかの女《じょ》の評価《ひょうか》は急上昇《きゅうじょうしょう》。ペンドルトン家《け》のだれかと知《し》りあいだってことが、ロックウイローでは最上《さいじょう》の紹介状《しょうかいじょう》にひとしいんです。そしてペンドルトン家《け》のなかでも花形《はながた》は、ジャーヴィーぼっちゃん――ジュリアはたいしたことない分家《ぶんけ》のひとりですって、うれしいこと。

農場《のうじょう》は日《ひ》ましにおもしろくなります。きのうは乾草馬車《ほしくさばしゃ》に乗《の》りました。三びきの大《おお》ブタと九ひきの子《こ》ブタがいます。連中《れんちゅう》の食《た》べるところを見《み》せてあげたい、まったくブタ的《てき》なの！　ほかにはひよこやアヒルやシチメンチョウや、ホロホロチョウの大洪水《だいこうずい》。農場暮《のうじょうぐ》らしができるのに都会《とかい》に住《す》む人間《にんげん》がいるとしたら、その人《ひと》はへんてこにちがいないわ。

たまごあつめはわたしの日課《にっか》、きのうは、黒《くろ》いめんどりがしのびこんだ巣《す》の上《うえ》へはってゆこうとして、納屋《なや》の屋根裏《やねうら》のはりからついらくしました。ひざをすりむいてかえると、センプルさんの奥《おく》さんがウイッチ・ヘーゼル（薬用植物の一種）をつけてほうたいしてくれました。「まあ！　まあ！　ジャーヴィーぼっちゃんがあのおんなじはりからおっこちなすって、このおんなじひざをすりむきなすったのが、ついきのうのことのようですがね。」と、終始小声《しゅうしこごえ》でのたまいながら。

　このあたりのけしきの美《うつく》しさは満点《まんてん》。谷《たに》がひとつに川《かわ》がひとつ、木《き》のしげった丘《おか》がたくさん、そしてはるかかなたにそびえる高《たか》い青《あお》い山《やま》は、まるでシャーベットのよう。

　わたしたちは週《しゅう》に二回《かい》、バターをつくります。クリームは下《した》に小川《おがわ》が流《なが》れている石《いし》づくりの冷蔵小屋《れいぞうごや》にしまっておきます。近所《きんじょ》のお百姓《ひゃくしょう》さんのなかには、分離器《ぶんりき》をもっている人《ひと》もいるけど、ここではそういう新発明《しんはつめい》なんかどうでもいいの。おなべのなかでクリームを分離《ぶんり》させるのはしょうしょう骨《ほね》がおれますが、そのほうがずっと割《わ》りがいいんです。子牛《こうし》が六ぴきいます。わたしはみんなに名《な》まえをつけてやりました。

1　シルヴィア、森《もり》のなかで生《う》まれたから。
2　レスビア、ローマの詩人《しじん》カタラスの詩《し》にあるレスビアにちなんで。
3　サリー。
4　ジュリア――ぶちがあって、えたいがしれない動物《どうぶつ》。
5　ジュディ、わたしの名《な》まえをとって。
6　あしながおじさん。いけませんか？　おじさま。きっすいのジャージィー種《しゅ》で、気《き》だてがいいの。こんなかっこう――ぴったりの名《な》まえだってことがおわかりになると思《おも》います。

75　ミス・ジルーシャ・アボットより　ミスター・あしながスミスあての手紙

まだ不朽《ふきゅう》の名作《めいさく》にとりかかるひまがありません、農場《のうじょう》がいそがしすぎるので。

いつもあなたの　　ジュディ

追伸《ついしん》　ドーナツのつくり方《かた》をならいました。

追伸《ついしん》（2）　もしひよこをお飼《か》いになるのでしたら、パフ・オービントン種《しゅ》をおすすめいたします。棒状羽根《ピン・フェザー》がちっともありません。

追伸《ついしん》（3）　きのうわたしが自分《じぶん》でつくった純良新鮮《じゅんりょうしんせん》バターのかたまりをひとつ、あなたにおくれたらなあ。わたしはもうりっぱなバターつくりよ！

追伸《ついしん》（4）　これは未来《みらい》の大作家《だいさっか》ジルーシャ・アボット女史《じょし》が、牛《うし》をおって家《いえ》へかえるところ。

日曜日《にちようび》

あしながおじさん

ふしぎな話《はなし》。きのうの午後《ごご》、あなたに手紙《てがみ》を書《か》きはじめたのですが、〈あしながおじさん〉ときりだしたところで夕食《ゆうしょく》に黒《くろ》イチゴをつんでくる約束《やくそく》だったのを思《おも》いだし、テーブルにびんせんをおきっぱなしにしてでかけてしまいました。そしてきょうになってもどってきたら、びんせんのまんなかになにがいたと思《おも》う？　正真正銘《しょうしんしょうめい》のアシナガグモ。

わたしは足《あし》を一本《ぽん》そうっとつまんで、窓《まど》からはなしてやりました。傷《きず》つけたりしたらたいへん、いつでもあなたを思《おも》いださせるんですもの。

けさは馬車《ばしゃ》をしたてて、村《むら》の中央通《ちゅうおうどお》りを教会《きょうかい》まで乗《の》ってゆきました。気持《きも》ちのいい小《ちい》さい白《しろ》い木造《もくぞう》の教会《きょうかい》で、尖塔《せんとう》と、正面《しょうめん》には三本《ぼん》のドーリア式《しき》の円柱《えんちゅう》（それともイオニア式《しき》だったかな――いつでもごっちゃにしてしまう）があります。

けっこうな、眠《ねむ》たくなるようなお説教《せっきょう》で、みんなうつらうつらとシュロの葉《は》っぱのおうぎをうごかしながら聞《き》いていました。聞《き》こえる音《おと》といえば、牧師《ぼくし》さんの声《こえ》はべつとして、外《そと》の木立《こだ》ちのセミの鳴《な》き声《ごえ》だけ。目《め》がさめたらわたしはいつのまにか立《た》ちあがって賛美歌《さんびか》をうたっていました。お説教《せっきょう》を聞《き》きのがしたのはとても残念《ざんねん》、こんな賛美歌《さんびか》をえらぶような牧師《ぼくし》さんの心理状態《しんりじょうたい》をもっとよく知《し》ってみたいと思《おも》ったからです。これがその歌《うた》。

きたれ、あそびもなぐさみもすてて
ともにみんなの、よろこびにいきん。
さなくばともよ、とわにさらば
このばになれを、じごくにすてて。

センプルさん夫婦《ふうふ》と宗教《しゅうきょう》を論《ろん》じるのはおだやかでないことに気《き》づきました。かれらの神《かみ》さまは、（はるかむかしの清教徒《ピューリタン》のご先祖《せんぞ》からそっくりそのままうけついできたわけですが）狭量《きょうりょう》で、不合理《ふごうり》で、不公平《ふこうへい》で、いやしくて、うらみがましくて、わからずやなんです。ありがたいことに、わたしはだれからも、どんな神《かみ》さまもうけつがなかった！　自分《じぶん》ですきなように神《かみ》さまをつくる自由《じゆう》があるんです。わたしの神《かみ》さまは親切《しんせつ》で、思《おも》いやりがあって、想像力《そうぞうりょく》がゆたかで、寛大《かんだい》で、なんでもよくわかってくれて——ユーモアのセンスだってあるんです。

わたしはセンプルさん夫婦《ふうふ》が大《だい》すきです、あの人《ひと》たちが実地《じっち》にやっていることは、あの人《ひと》たちのりくつよりはるかにりっぱです。自分《じぶん》たちの神《かみ》さまよりもえらいんです。わたしがそういったら——ふたりともすごく当惑《とうわく》してました。わたしが神《かみ》さまをけがすと思《おも》うらしいの——わたしはあの人《ひと》たちこそそうだと思《おも》うんだけど！　わたしたち、神学《しんがく》を話題《わだい》にするのはやめにしました。

いまは日曜日《にちようび》の午後《ごご》。

紫色《むらさきいろ》のネクタイをしめて、すごくはでな黄色《きいろ》のシカの手《て》ぶくろをはめて、ひどく赤《あか》い顔《かお》の、きれいにひげをそった、アマサイ（やとわれてる青年《せいねん》）が、赤《あか》いバラのふちかざりをつけた大《おお》きな帽子《ぼうし》をかぶり、青《あお》いモスリンの服《ふく》を着《き》て、髪《かみ》をこれでもかとばかりにきつくカールさせたキャリー（やとわれてるむすめ）といっしょに馬車《ばしゃ》ででかけてゆきました。アマサイは午前中《ごぜんちゅう》いっぱいかけて馬車《ばしゃ》を洗《あら》ってましたし、キャリーはうわべはお昼《ひる》ごはんのしたくがあるといって教会《きょうかい》へもゆかずに家《いえ》にのこっていましたが、じつはそのモスリンの服《ふく》にアイロンをかけてたんです。

あと二分《ふん》たってこの手紙《てがみ》を書《か》きおえたら、わたしは屋根裏《やねうら》べやで見《み》つけた本《ほん》をじっくり読《よ》みにかかるつもりです。本《ほん》の題《だい》は〈荒野《こうや》の追跡《ついせき》〉、とびらのページいっぱいに、おかしな子《こ》どもの字《じ》で、

ジャーヴィス・ペンドルトン
この本《ほん》がどこかで道草《みちくさ》くってたら
パンチくわせてうちへかえらせてくれよ

と書《か》きつけてあります。

十一くらいのとき、病気《びょうき》をしたあとでひと夏《なつ》ここにいたんです。〈荒野《こうや》の追跡《ついせき》〉はそのときのおきみやげ。愛読《あいどく》したらしくて、よごれた小《ちい》さな手《て》のあとがいっぱい！　屋根裏《やねうら》べやのすみっこには、ほかにも水車《すいしゃ》がひとつに風車《ふうしゃ》がひとつ、弓矢《ゆみや》が何本《なんぼん》かあります。

センプルさんの奥《おく》さんがひっきりなしにかれの話《はなし》をするので、ほんとにかれがいまここにいるんだっていうような気《き》がしはじめています――シルクハットと散歩用《さんぽよう》のステッキをもったおとなのペンドルトン氏《し》じゃなく、かわいい、どろまみれの、くしゃくしゃ頭《あたま》の男《おとこ》の子《こ》、大《おお》さわぎしながら階段《かいだん》をかけあがり、網戸《あみど》をあけっぱなしにし、いつもクッキーをおねだりしているの（いつもありついたにちがいないわ。センプルさんの奥《おく》さんはあのとおりだもの）。かれはかわいい冒険家《ぼうけんか》――勇敢《ゆうかん》で、まっすぐなたちだったらしい。かれがペンドルトン家《け》の一員《いちいん》だって思《おも》うと残念《ざんねん》です、もっとましな星《ほし》の下《した》に生《う》まれた人《ひと》なのに。

あすからムギこきをはじめます。蒸気《じょうき》エンジンが一台《だい》、臨時《りんじ》の手《て》つだいが三人《にん》きます。

お知《し》らせするのもなげかわしいことですが、バターカップ（角《つの》が一本《ぽん》しかないぶちの雌牛《めうし》、レスビアのおっかさん）が、はずべきことをしでかしました。金曜日《きんようび》の夕《ゆう》がた、果樹園《かじゅえん》にはいりこんで木《き》の下《した》におちているリンゴを食《た》べたわ食《た》べたわ、ついに頭《あたま》へきちゃったんです。まる二日《か》のあいだ、よっぱらってぐでんぐでん！　わたしはありのままを報告《ほうこく》してるのよ、こんな人聞《ひとぎ》きのわるいこと、聞《き》いたことあって？

かしこ

貴下《きか》の愛情深《あいじょうふか》き孤児《こじ》　ジュディ・アボット

追伸《ついしん》　第《だい》一章《しょう》にはインディアン。第《だい》二章《しょう》にはおいはぎ、息《いき》つくひまもない。第《だい》三章《しょう》にはいったいなにが登場《とうじょう》するやら。「レッド・ホークは空中高《くうちゅうたか》く六メートルもとびあがり、つぎのしゅんかんばったり息《いき》たえた。」これが口絵《くちえ》の説明《せつめい》。ジュディとジャーヴィー、おおいにおたのしみでしょう？

九月《がつ》十五日《にち》

おじさま

きのう、四つ角《かど》の雑貨屋《ざっかや》の粉《こな》ばかりで体重《たいじゅう》をはかってみました。九ポンドもふえてるんです！　ロックウイローを保養地《ほようち》としてすいせんさせていただきたく。

いつまでもあなたの　ジュディ

ジャーヴィーぼっちゃん

——大学《だいがく》二年生時代《ねんせいじだい》の手紙《てがみ》——

あしながおじさん

えっへん、二年生《ねんせい》だぞ！　先週《せんしゅう》の金曜日《きんようび》にかえりました。ロックウイローとおわかれするのは残念《ざんねん》でしたけど、また校庭《キャンパス》を見《み》るのはうれしかった。おなじみのもののところへかえるって、たのしいものですね。大学《カレッジ》がわが家《や》のような気《き》がしはじめて、自由《じゆう》にふるまえるようになりました。ほんとのところ、この世界《せかい》にたいしてもやっとおなじような気持《きも》ちになってきました——おなさけでもぐりこませてもらってるんじゃなくて、ほんとにその一員《いちいん》であるっていうような感《かん》じ。

わたしがなにをいおうとしているのか、ちんぷんかんぷんでしょうね。理事《りじ》でいらっしゃるようなえらいおかたには、みなしごごときとるにたらぬものの感《かん》じることなど、おわかりになるわけがありません。

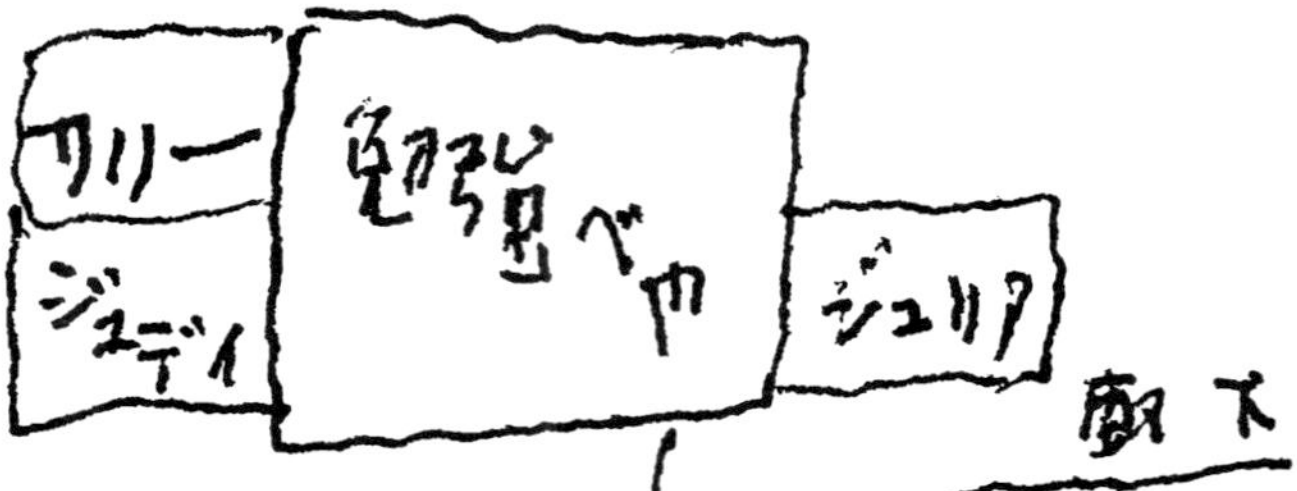

ところでおじさま、聞《き》いて。だれといっしょのへやになったと思《おも》う？　サリー・マクブライドとジュリア・ラトリッジ・ペンドルトン。ほんと。勉強《べんきょう》べやひとつに寝室《しんしつ》三つ――カクノゴトシ！

サリーとわたしはこの春《はる》、いっしょのへやにしようときめたんです。そしてジュリアはジュリアでサリーとはなれないことを決心《けっしん》したというしだい――どうしてかなあ、わたしには想像《そうぞう》がつきません、ふたりはちっとも似《に》てないのに。けれどペンドルトン家《け》の人《ひと》たちはもともと保守的《ほしゅてき》で、変化《へんか》ということを敵視《てきし》（高尚《こうしょう》なことば！）するんです。ともあれ、そういうわけで呉越同舟《ごえつどうしゅう》。かつてはジョン・グリーア孤児院《ホーム》のもうし子《ご》たりしジルーシャ・アボット、ペンドルトン家《け》の一員《いちいん》と同室《どうしつ》せんとす。ここは民主主義《みんしゅしゅぎ》の国《くに》なんです。

サリーは級長《きゅうちょう》の選挙《せんきょ》に立候補《りっこうほ》してます。目下《もっか》の形勢《けいせい》がくずれぬかぎり、当選確実《とうせんかくじつ》。陰謀《いんぼう》のにおいでむせかえるこのふんいき――みんなたいした政治家《せいじか》なんですよ！　いっときますけどおじさま、わたしたち女《おんな》が参政権《さんせいけん》を獲得《かくとく》したあかつきには、あなたがた男《おとこ》は自分《じぶん》たちの権利《けんり》をまもるためにはぐずぐずしちゃいられませんよ。選挙《せんきょ》はつぎの土曜日《どようび》、だれが当選《とうせん》してもその晩《ばん》、わたしたちはたいまつ行列《ぎょうれつ》をやることになっています。

化学《かがく》の勉強《べんきょう》をはじめました。すごく風変《ふうが》わりな学問《がくもん》、こんなのおめにかかったこともない。分子《ぶんし》と原子《げんし》が教材《きょうざい》ですが、来月《らいげつ》になれば、こういうものについてもっとはっきり論《ろん》じられるような立場《たちば》にたてるでしょう。

ほかには弁論《べんろん》と論理学《ろんりがく》をとってます。

それから世界史《せかいし》も。

それからウイリアム・シェークスピアの戯曲《ぎきょく》も。

それからフランス語《ご》も。

こんなぐあいに何年《なんねん》もやったら、わたしたいしたインテリになっちゃう。

フランス語《ご》より経済学《けいざいがく》を選択《せんたく》したかったんだけど、その勇気《ゆうき》がなかったの。もう一どフランス語《ご》をとらないと、先生《せんせい》がわたしを及第《きゅうだい》させてくれないんじゃないかと心配《しんぱい》だったから——つまり、六月《がつ》の試験《しけん》はすれすれのセーフだったので。でもいっときたいのは、高校時代《こうこうじだい》の基礎《きそ》がわたしにはたいへんふじゅうぶんだったということ。

クラスにひとり、フランス語《ご》を英語《えいご》とおなじくらいぺらぺらにしゃべる人《ひと》がいます。子《こ》どものころ両親《りょうしん》と外国《がいこく》にいって、修道院付属《しゅうどういんふぞく》の学校《がっこう》に三年間《ねんかん》いたんです。われわれにくらべてかの女《じょ》がどんなにいかすか想像《そうぞう》がおつきになるでしょう——不規則動詞《ふきそくどうし》なんてお茶《ちゃ》のこ。わたしの両親《りょうしん》も、子《こ》どもだったわたしを孤児院《こじいん》のかわりに、フランスの修道院《しゅうどういん》になげこんどいてくれればよかったのに。ああだめ！　それもいや！　だってそれじゃああなたと知《し》りあえなかったかもしれないもの。フランス語《ご》とおちかづきになるより、あなたとおちかづきになるほうがいいわ。

さよなら、おじさま。これからハリエット・マーティンをたずねて、化学《かがく》の問題《もんだい》を論《ろん》じあってから、こんどの級長《きゅうちょう》のことについてそれとなく二、三耳《みみ》にいれておかなくちゃ。

政治《せいじ》の渦中《かちゅう》より　J・アボット

十月《がつ》十七日《にち》

あしながおじさん

体育館《たいいくかん》のプールが、レモン・ジェリーでいっぱいになっていたと仮定《かてい》する。そこで泳《およ》ごうとする人《ひと》はういていられるであろうか、それともしずんでしまうであろうか？

デザートにレモン・ジェリーを食《た》べていたら、こんな疑問《ぎもん》がわいてきたのです。三十分間《ぷんかん》も白熱《はくねつ》した議論《ぎろん》をつづけましたが、ついに未解決《みかいけつ》。サリーは泳《およ》げると考《かんが》えてます。でもわたしは世界《せかい》一の泳《およ》ぎの名人《めいじん》だってしずんでしまうにきまってると思《おも》う。レモン・ジェリーのなかでおぼれ死《じ》にするなんて、けっさくじゃない？

食卓《しょくたく》をにぎわしたほかの二つの問題《もんだい》。

第《だい》一、八角形《かっけい》の家《いえ》のなかのへやはどんな形《かたち》をしているか？　ま四角《かく》だっていいはる人《ひと》たちもいますけど、わたしはパイのひときれみたいな形《かたち》でなければならないと思《おも》います。いかが？

第《だい》二、かりに鏡《かがみ》ではりつめた中空《ちゅうくう》の大球体《だいきゅうたい》があるとして、そのなかにすわっていたとする。どのへんで顔《かお》がうつらなくなり、どのへんから背中《せなか》がうつりはじめるか？　この問題《もんだい》は考《かんが》えれば考《かんが》えるほど、こんぐらかってきます。わたしたちがどんなに深刻《しんこく》な哲学的思索《てつがくてきしさく》でひまつぶしをしてるか、よくおわかりでしょう？

選挙《せんきょ》のこと、まだおつたえしてませんでしたっけ。三週間《しゅうかん》まえにあったんですけど、わたしたちの生活《せいかつ》ってすごくスピーディーなので、その三週間《しゅうかん》は古代歴史《こだいれきし》にひとしいんです。サリーが当選《とうせん》しました。わたしたちは「マクブライドばんざい」とすかし文字《もじ》をいれたプラカードをおし立《た》てて、十四の楽器《がっき》（ハモニカ三つに、コムが十一）からなる楽隊《がくたい》とともに、たいまつ行列《ぎょうれつ》をしました。「二五八号室《ごうしつ》」のわれわれはいまや重要人物《じゅうようじんぶつ》、ジュリアとわたしは七光《ひかり》のなか。級長《きゅうちょう》といっしょの家《いえ》に住《す》むのは、社交上《しゃこうじょう》いろいろらくじゃないんです。
オヤスミ、おじさま。

ワタシノ敬意《けいい》ヲオ受《う》ケクダサイ
ヒジョウナル尊敬《そんけい》ヲコメテ
ワタクシハ
アナタノ　ジュディ

十一月《がつ》十二日《にち》

あしながおじさん
きのう、バスケットボールで一年生《ねんせい》をやっつけました。もちろんうれしいにはきまってます――だけどああ、三年生《ねんせい》を負《ま》かすことさえできたら！　からだじゅうあざだらけになってウイッチ・ヘーゼルのしっぷをして、一週間寝《しゅうかんね》こんだところで本望《ほんもう》。

サリーがクリスマス休《やす》みをいっしょにすごそうってさそってくれました。かの女《じょ》の家《いえ》はマサチューセッツ州《しゅう》のウースターにあるんです。いい人《ひと》でしょ？　ぜったいいきたい。わたし、いままでふつうの家庭《かてい》で暮《く》らしたことがないんです。ロックウイローはべつですけど。センプルさん夫婦《ふうふ》はおとなだし、お年《とし》よりでしょ、だから問題外《もんだいがい》。ところがマクブライド家《け》ときたら、家《いえ》じゅう子《こ》どもだらけ（ともかくふたりか三人《にん》はいます）そのうえ、おかあさんとおとうさんとおばあさんと、アンゴラネコまでいるんです。なにからなにまでそろった家族一式《かぞくいっしき》！　トランクを荷《に》づくりしてでかけてゆくほうが、あとにのこってるよりは何倍《なんばい》もたのしいのはあたりまえ、いまからわくわく。

七時間《じかん》め――舞台《ぶたい》げいこにかけつけなくちゃ、感謝祭《かんしゃさい》の劇《げき》にでるんです。ビロードの長《なが》い上着《うわぎ》に、黄色《きいろ》い巻毛《まきげ》の、塔《とう》のなかの王子《おうじ》さま。ゆかいでしょ？

あなたの

J・A

わたしがどんな顔《かお》してるかお知《し》りになりたい？　レオノーラ・フェントンがとってくれたわたしたち三人《にん》の写真《しゃしん》を同封《どうふう》します。

わらっててほがらかっぽいのがサリー、背《せ》が高《たか》くてつんとしてるのがジュリア、風《かぜ》で髪《かみ》が顔《かお》にかかってるおちびがジュディ――かの女《じょ》はほんとはもっと美人《びじん》なんですが、お日《ひ》さまがまぶしかったの。

マサチューセッツ州《しゅう》・ウースター
「ストーン・ゲート」にて
十二月《がつ》三十一日《にち》

あしながおじさん
もっとまえにお便《たよ》りして、クリスマスにいただいた小切手《こぎって》のお礼《れい》をもうしあげようと思《おも》いながら、マクブライド家《け》でのまい日《にち》にすっかりわれをわすれ、二分《ふん》とつづけて机《つくえ》の前《まえ》にすわることさえできそうになかったんです。
ガウンを新調《しんちょう》しました――必要《ひつよう》だったわけじゃないの、ただほしかったの。ことしのクリスマス・プレゼントはあしながおじさんからだけ、わたしの家族はおめでとうといってきただけ――ということにしました。
サリーのところで、わたしは最高《さいこう》の休暇《きゅうか》をたのしんでいます。サリーの家《いえ》は、通《とお》りから奥《おく》まったところにある、白《しろ》いふちどりつきの古風《こふう》で大《おお》きなれんがづくりの家《いえ》――ジョン・グリーア孤児院《ホーム》にいたころ、好奇心《こうきしん》いっぱいでながめ、なかはいったいどんなふうになってるのかしらって思《おも》ってた家《いえ》にそっくり。自分《じぶん》の目《め》でそれが見《み》られるなんて考《かんが》えてもみなかったのに――このとおり！　なにもかもとても気持《きも》ちがよくて、ゆったりしていて、あたたかみがあります。わたしはへやからへやへ歩《ある》きまわって家具《かぐ》やへやのかざりにあくことなく見《み》とれています。

子《こ》どもをそだてるにはもうしぶんのない家《いえ》、かくれんぼにちょうどいいうす暗《ぐら》いすみっこ、ポップコーンつくりにもってこいの暖炉《だんろ》、雨《あめ》ふりの日《ひ》のふざけっこ用《よう》の屋根裏《やねうら》べや、いちばん下《した》にぐあいのいい平《ひら》たいぎぼしのついたすべすべの階段《かいだん》の手《て》すり、とてもひろびろして日《ひ》あたりのいい台所《だいどころ》、そして十三年間《ねんかん》勤務《きんむ》のふとって人《ひと》のいいにこにこ顔《がお》のコックさん、かれはいつも子《こ》どもたちに焼《や》かせるために、ねり粉《こ》をすこしとっといてくれます。ひと目見《めみ》ただけで、もういっぺん子《こ》ども時代《じだい》に逆《ぎゃく》もどりしたくなるような家《いえ》。

それにおうちの人《ひと》たちときたら！　まさかこれほどまでにいい人《ひと》たちだなんて夢《ゆめ》にも思《おも》わなかった。おとうさんにおかあさんにおばあさん、髪《かみ》の毛《け》がみんなカールしている最高《さいこう》にかわいい三つになる妹《いもうと》、いつも足《あし》をふくのをわすれる中型《ちゅうがた》の弟《おとうと》、それにジミーという名《な》まえのプリンストン大学《だいがく》三年生《ねんせい》のかっこよくて大型《おおがた》の兄貴《あにき》がいます。

ごはんを食《た》べるときはほんとにたのしい――だれもかれもがいちどきにわらったり、じょうだんをいったり、話《はな》したり、食前《しょくぜん》のお祈《いの》りなんかしなくていいの。ひと口食《くちた》べるたんびに、だれかさんに感謝《かんしゃ》しないですむので気《き》がらくです。（あえて神《かみ》さまに失礼《しつれい》なことをいいます。けれどわたしみたいに感謝《かんしゃ》しろとおしつけられてばかりいたら、あなただってきっとそうなったと思《おも》う）。

いっぱいいいろんなことをしてます――なにから先《さき》に話《はな》せばいいのか。マクブライドさんは工場《こうじょう》をもっていて、クリスマス・イヴには従業員《じゅうぎょういん》の子《こ》どもたちのためにクリスマス・ツリーを立《た》てました。トキワ木《ぎ》やヒイラギでかざられた細長《ほそなが》い包装室《ほうそうしつ》に立《た》てたんです。ジミー・マクブライドがサンタクロースになり、サリーとわたしはプレゼントをくばる手《て》つだいをしました。

まったくほんとにおじさま、みょうな感《かん》じ！　ジョン・グリーア孤児院《ホーム》の理事《りじ》さんみたいな、おなさけぶかい気持《きも》ちになりました。お菓子《かし》でべとべとのひとりのかわいい男《おとこ》の子《こ》にキスしてあげました――だけどだれのことも、頭《あたま》をなでたりはしなかったつもり。

そしてクリスマスの二日後《かご》、マクブライド家《け》の人《ひと》たちは、このわたしのために、家《いえ》でダンスパーティーをひらいてくれました。

わたしにとって、生《う》まれてはじめての本格的《ほんかくてき》パーティー――大学《カレッジ》のはだめ、女《おんな》どうしでおどるんですもの。まっさらの白《しろ》い夜会服《やかいふく》（おじさまのクリスマス・プレゼント――感謝《かんしゃ》でいっぱい）に白《しろ》い長手《ながて》ぶくろ、白《しろ》いしゅすの舞踏《ぶとう》ぐつというでたち。なにひとつ欠《か》けたもののない、まじり気《け》なしの、最高《さいこう》のこのしあわせのただひとつの傷《きず》は、ジミー・マクブライドとくんで、わたしがコティリヨンの先頭《せんとう》に立《た》っておどっているところを、ミセス・リペットに見《み》せてあげられないということでした。こんどあそこへいらしたせつは、どうかかの女《じょ》にこの話《はなし》をおつたえくださいませ。

いつまでもあなたの　　　ジュディ・アボット

追伸《ついしん》　もしわたしがけっきょく大作家《だいさっか》にならずに、ただのむすめにしかならなかったら、おじさま、か

んかん？

土曜日《どようび》　六時半《じはん》

おじさま

きょうみんなで町《まち》へぶらぶら歩《ある》いてでかけたら、おやおや！　雨《あめ》がどしゃぶり。冬《ふゆ》なら冬《ふゆ》らしく雨《あめ》じゃなく雪《ゆき》がふるほうがすき。

ジュリアのこのましいおじさんがきょうの午後《ごご》またみえました――チョコレートの五ポンドいりをひと箱《はこ》おみやげに。ね、ジュリアとおなじへやだとよくなこともあるんです。

わたしたちのたあいもないおしゃべりがおもしろかったとみえて、勉強《べんきょう》べやでお茶《ちゃ》をあがるために、ペンドルトンさんはひと汽車《きしゃ》のばしました。許可《きょか》をとるのにひと苦労《くろう》。おとうさんやおじいさんをもてなすのすらむずかしいんです。おじさんとなるともっとむずかしいし、にいさんやいとことなったら、これはもう不可能《ふかのう》の一歩手前《ぽてまえ》。ジュリアは公証人《こうしょうにん》のまえでかれが自分《じぶん》のおじであることをちかい、つぎには郡役場《ぐんやくば》の書記《しょき》から証明書《しょうめいしょ》をとらねばなりませんでした。（わたしって、法律《ほうりつ》にくわしいでしょう？）そして、それでもなお、もし主事《しゅじ》の先生《せんせい》がジャーヴィーおじさんの若《わか》わかしい好男子《こうだんし》ぶりをちょっとでも見《み》かけたりしたら、はたしてわたしたちがお茶《ちゃ》をごいっしょできたかどうかあぶないものだと思《おも》います。

とにかく、お茶《ちゃ》を飲《の》みました。スイスチーズの黒《くろ》パンサンドイッチをつくって。ペンドルトンさんもてつだってくださって、それから――四つも食《た》べました。去年《きょねん》の夏《なつ》、ロックウイローにいっていたことをお話《はな》ししたんです。それからわたしたちはセンプルさん夫婦《ふうふ》や、馬《うま》や牛《うし》やニワトリのことなど、たのしいうわさ話《ばなし》をしました。かれがまえに知《し》ってた馬《うま》はみんな死《し》んでしまって、のこってるのは、さいごにたずねたときにはまだほんの子馬《こうま》だったグローヴだけ――そのグローヴもかわいそうにいまやよぼよぼで、びっこひきひき牧場《ぼくじょう》を歩《ある》いています。

ドーナツが、いまでも台所《だいどころ》のいちばん下《した》のたなの黄色《きいろ》いつぼに、青《あお》いお皿《さら》をふたにしていれてあるかってかれはききました――まさしくそのとおり！　夜《よる》の牧場《ぼくじょう》の岩《いわ》のつみかさなってる下《した》に、いまでもネズミの穴《あな》があるかどうかかれは知《し》りたがりました――まさしくあるんです！　アマサイが去年《きょねん》の夏《なつ》そこで大《おお》きなふとった灰色《はいいろ》のやつをつかまえました。ジャーヴィーぼっちゃんが子《こ》どものころつかまえたのの、二十五番《ばん》めのひ孫。

わたしは面《めん》とむかって「ジャーヴィーぼっちゃん」とよびましたけれど、ばかにされたというような顔《かお》もしませんでした。ジュリアの言《げん》によればおじさんがこんなにあいそがいいのははじめてだそうです。いつもはとても近《ちか》よりがたいんですって。だけどジュリアはこつをちっとも知《し》っちゃいないんです。男《おとこ》にはいろいろ必要《ひつよう》なこつをね。うまくなでてやればゴロゴロいうし、へたにやるとおこってうなるのが男《おとこ》(あんまり上品《じょうひん》な例《れい》じゃありませんが、もののたとえです)。わたしたちいまマリー・バシュキルツェフの日記《にっき》を読《よ》んでいます。すごい本《ほん》ですね。こんなぐあい。「きのうわたしは絶望《ぜつぼう》の発作《ほっさ》におそわれた。その絶望《ぜつぼう》はうめきでみずからを語《かた》り、ついにはわたしをして食堂《しょくどう》の時計《とけい》を海《うみ》へと投《とう》ぜしめた。」

自分《じぶん》が天才《てんさい》じゃないようにと祈《いの》りたくなりそう。天才《てんさい》ってしんのつかれるものにちがいないし――家具《かぐ》にたいしておそろしく破壊的《はかいてき》です。

やれやれ！　よくふりつづくこと。今夜《こんや》は礼拝堂《チャペル》まで泳《およ》いでゆかなくちゃ。

いつまでもあなたの
ジュディ

一月二十日《がつはつか》

あしながおじさん

小《ちい》さいときゆりかごのなかからさらわれた、かわいい女《おんな》のあかちゃんが、あなたにはあったんじゃないかしら。

もしかするとわたしこそそのあかちゃん！　これが小説《しょうせつ》だったら、めでたしめでたしになるところですね。

自分《じぶん》が何者《なにもの》なのかわからないっていうのは、ほんとにひどくへんなもの――ぞくぞくしてきて、ロマンティックで。可能性《かのうせい》がいっぱいあります。もしかするとわたしはアメリカ人《じん》じゃないかもしれない。そうじゃない人《ひと》はたくさんいます。わたしは古代《こだい》ローマ人《じん》の直系《ちょっけい》の子孫《しそん》かもしれないし、海賊《かいぞく》のむすめかもしれないし、ロシアの亡命者《ぼうめいしゃ》の子《こ》どもで、ほんとはシベリアの監獄《かんごく》にいるべき身《み》かもしれないし、もしかするとジプシーかも――きっとそうだと思《おも》うわ。すごく放浪性《ほうろうせい》があるんだもの、まだそれをじゅうぶん発揮《はっき》するチャンスにはめぐまれていないけれど。

わたしの経歴《けいれき》のなかのあのはずかしい汚点《おてん》をごぞんじですか？　クッキーをぬすんだかどで罰《ばつ》をうけたので、わたしが孤児院《こじいん》をにげだしたときのこと。理事《りじ》ならだれでもかってに読《よ》める帳簿《ちょうぼ》に書《か》きこまれてます。でも、ほんとうに、おじさま、むりからぬ話《はなし》とは思《おも》いませんか？　おなかがぺこぺこの九つの女《おんな》の子《こ》に、台所《だいどころ》でナイフみがきをさせ、そのひじのところにクッキーのつぼをおきっぱなしにしてでてゆき、またいきなりもどってきたら、その子《こ》の口《くち》のまわりに少《すこ》しばかりクッキーの粉《こな》がついてるのを発見《はっけん》したって、自然《しぜん》じゃない？

それをこんどはひじをひっぱってこづき、横《よこ》つらをピシャッてやって、ちょうどプディングがでたところでテーブルから立《た》たせ、ほかの子《こ》どもたちみんなに、どろぼうしたからだっていって聞《き》かせたりしたら、その子《こ》がにげだしたってむりもないとは考《かんが》えない？

六キロにげただけでした。つかまって、つれもどされて、それから一週間《しゅうかん》というものほかの子《こ》がおやすみ時間《じかん》で外《そと》へでてるあいだ、わたしはいたずらな子犬《こいぬ》みたいに、うら庭《にわ》の棒《ぼう》くいにつながれていました。

たいへん！　礼拝堂《チャペル》の鐘《かね》。礼拝《れいはい》のあとで委員会《いいんかい》があるんです。きょうはとびきりたのしい手紙《てがみ》を書《か》くはずだったのに、ごめんなさい。

イザサラバ　おじサマ　平安《へいあん》ヲ祈《いの》ル
ジュディ

追伸《ついしん》　ひとつだけたしかなこと。わたしは中国人《ちゅうごくじん》ではありません。

二月四日《がつか》

あしながおじさん

ジミー・マクブライドが、へやのはじからはじまでとどくくらいの大《おお》きなプリンストン大学《だいがく》の旗《はた》をおくってくれました。わたしをおぼえていてくれたことはたいへんうれしいんですが、いったいこのしろものを、、、、どうしたことやら。サリーとジュリアはぜったいに壁《かべ》にはかけさせてくれません。わたしたちのへやはことしは赤《あか》で統一《とういつ》してあります。それにオレンジと黒《くろ》がくわわったらどんな色彩効果《しきさいこうか》になるか、お察《さっ》しいただけるでしょう。けれどすてるにはおしい、あたたかそうで厚手《あつで》の上質《じょうしつ》のフエルトなの。バス・ローブに仕立《した》てたらあまりにもおかしいであろうか？　古《ふる》いのは洗《あら》ったらちぢんじゃったの。

なにを勉強《べんきょう》してるのかお知《し》らせするのを、ちかごろすっかりなまけてました。けれど手紙《てがみ》からは想像《そうぞう》がつかないにしても、わたしの時間《じかん》はもっぱら勉強《べんきょう》にとられています。いちどきに五つものことを勉強《べんきょう》させられるので、ひどくこんぐらかってしまいます。

化学《かがく》の先生《せんせい》はこうおっしゃいます。「こまかいことにまで骨身《ほねみ》をおしまぬ熱意《ねつい》があればこそ、ほんとうの学者《がくしゃ》といえるのである。」

歴史《れきし》の先生《せんせい》はこうおっしゃいます。「こまかいことにとらわれぬよう注意《ちゅうい》すること。ぜんたいを見《み》とおせるように、大所高所《たいしょこうしょ》に立《た》て。」

化学《かがく》と歴史《れきし》のあいだでかじをとるのが、いかに微妙《びみょう》なものかおわかりになるでしょう。わたしには歴史《れきし》の方法《ほうほう》がいちばん。ウィリアム征服王《せいふくおう》が一四九二年《ねん》にやってこようが、コロンブスのアメリカ発見《はっけん》の年《とし》が一一〇〇年《ねん》だろうが、一〇六六年《ねん》だろうがいつだろうが、そんなことは歴史《れきし》の先生《せんせい》ならおおめにみてくれるささいなことにすぎません。だから歴史《れきし》の時間《じかん》には、安心《あんしん》してのんびりしていられます。化学《かがく》の時間《じかん》にはぜんぜんそうはいきません。

六時間《じかん》めの鐘《かね》――実験室《じっけんしつ》へいって、酸《さん》と塩《えん》とアルカリの大問題《だいもんだい》ならぬ小問題《しょうもんだい》についてしらべなければなりません。化学実験用《かがくじっけんよう》のエプロンの前《まえ》に塩酸《えんさん》でお皿《さら》ほどもある焼《や》け穴《あな》をつくってしまいました。理論《りろん》どおりにいくものなら、上等《じょうとう》の強《つよ》いアンモニアでこの穴《あな》を中和《ちゅうわ》できるはずなんですけどね。

来週《らいしゅう》は試験《しけん》、けれどおそれるものなし。

いつまでもあなたの　ジュディ

三月《がつ》五日《か》

あしながおじさん

三月《がつ》の風《かぜ》がふいて、空《そら》いっぱいに重苦《おもくる》しい黒《くろ》い雲《くも》が走《はし》っています。松《まつ》の木《き》ではカラスがさわがしくさけびたて、その声《こえ》は人《ひと》をよわせ、かりたて、うながすような声《こえ》です。本《ほん》をとじ、丘《おか》をこえ、風《かぜ》とかけっこしたくなります。

土曜日《どようび》には、ぬかるみのいなか道《みち》を八キロいじょう、紙《かみ》おいという競技《きょうぎ》をしました。キツネ（三人《にん》の女《おんな》の子《こ》と、小《ちい》さく切《き》った色紙《いろがみ》ひとふくろ分《ぶん》とよりなる）は、二十七人《にん》の猟師《りょうし》の三十分《ぷん》まえに出発《しゅっぱつ》しました。わたしはその二十七人《にん》のひとり、八人《にん》はとちゅうで落伍《らくご》、おしまいには十九人《にん》になりました。

キツネの足《あし》あとは丘《おか》をひとつこえ、トウモロコシ畑《ばたけ》をよこぎり、湿地帯《しっちたい》につづき、わたしたちはうき島《しま》からうき島《しま》へぴょんぴょんとんでゆかねばなりませんでした。もちろんわたしたちの半数《はんすう》はくるぶしまでズブズブ。キツネのあとを見《み》うしなってばかりいて、その湿地帯《しっちたい》で二十五分《ふん》もむだにしました。それから足《あし》あとは丘《おか》へあがって、いくつか森《もり》をぬけ、納屋《なや》の窓《まど》からなかへはいってるんです！　納屋《なや》のとびらはみんな錠《じょう》がおりてるし、窓《まど》はとても小《ちい》さくて高《たか》いし、こんなのはフェアプレーとはいえないと思《おも》うけどなあ。

けれどわたしたちはなかへははいらず、納屋《なや》のまわりをぐるっとまわり、低《ひく》いさしかけ屋根《やね》から、さくの上《うえ》へつづく足《あし》あとを見《み》つけました。キツネはそこでわたしたちをまいたつもりだったんですが、こっちはその裏《うら》をかいてやりました。それから牧場《ぼくじょう》の起伏《きふく》をまっすぐ三キロいじょう追跡《ついせき》、色紙《いろがみ》がだんだんまばらになってゆくので、すごくむずかしかった。規則《きそく》では最大限《さいだいげん》二メートルかんかくなのに、見《み》たこともないような長《なが》い二メートルになってるんです。

二時間《じかん》におよぶ確実《かくじつ》な追跡《ついせき》のすえ、わたしたちはついにキツネ先生《せんせい》をクリスタル・スプリング（わたしたち女子学生《じょしがくせい》がそりや乾草馬車《ほしくさばしゃ》に乗《の》って、チキンとワッフルの夕食《ゆうしょく》をしにゆく農家《のうか》）の台所《だいどころ》においつめました。三びきのキツネったら、おちつきはらってミルクとはちみつとビスケットをぱくついているの。そんな遠《とお》くまでおいかけてくるなんて思《おも》わなかったらしいんです。納屋《なや》の窓《まど》で立《た》ち往生《おうじょう》するだろうと考《かんが》えてたんです。

どっちも自分《じぶん》たちの勝《か》ちだといいはりました。わたしはこっちの勝《か》ちだと思《おも》う。そうでしょう？　だって、大学《カレッジ》へかえるまえにつかまえたんだもの。ともかく、われら十九人《にん》はイナゴみたいにテーブルやいすにたかって、はちみつをもとめてさわぎたてました。みんなにゆきわたるほどなかったのですが、ミセス・クリスタル・スプリング（これはあだ名《な》、ほんとはジョンソンといいます）は、イチゴジャムのつぼをひとつと、メープル・シロップをひとかん——先週《せんしゅう》つくったばっかり——と、黒《くろ》パンのかたまりを三つもってきてくれました。

大学《カレッジ》へかえったのは六時半《じはん》——夕食《ゆうしょく》に三十分遅刻《ぷんちこく》——着《き》がえもしないでまっすぐ食堂《しょくどう》へゆきました、いぜんとして腹《はら》ぺこで！　それから、夜《よる》の礼拝《れいはい》はみんなサボリ。わたしたちの長《なが》ぐつの状態《じょうたい》だけで、いいわけは無用《むよう》でした。

試験《しけん》について、なにも報告《ほうこく》しませんでした。ぜんぶの課目《かもく》にゆうゆう及第《きゅうだい》——もうこつを知《し》ってますから、二どと落第《らくだい》はしません。けれど優等《ゆうとう》で卒業《そつぎょう》はできないでしょう。一年《ねん》のときのあのいまいましいラテン語《ご》と幾何《きか》のせいで。けれど気《き》にしません。さいわいなりせば、すべてはおなじ。（これは引用《いんよう》、英文学《ぶんがく》の古典《こてん》を読《よ》んでます）。

古典《こてん》といえば、ハムレットを読《よ》んだことある？　もしまだなら、すぐ読《よ》むこと。完全無比《かんぜんむひ》なけっさく。

シェークスピアのことはさんざ聞《き》かされていたけれど、ほんとにこんなにみごとなものとは思《おも》ってもみなかったんです。いつも評判《ひょうばん》だおれなんじゃないかとうたがっていました。

ずっと昔《むかし》、はじめて字《じ》が読《よ》めるようになったころ発明《はつめい》したすてきなあそびを、わたしはいまもやってます。まい晩《ばん》、そのとき読《よ》んでいる本《ほん》のなかの人物《じんぶつ》（いちばん重要《じゅうよう》な人物《じんぶつ》）になったつもりで、眠《ねむ》るんです。

いまのところ、わたしはオフィーリア——しかもとても分別《ふんべつ》のあるオフィーリア！　わたしは日《ひ》がな一日《にち》ハムレットをたのしませ、あまやかしたり、しかったり、かぜをひいたときにはのどにしっぷをしてやったりするの。わたしはかれのゆううつ症《しょう》を完全《かんぜん》になおしてあげます。王《おう》と王妃《おうひ》は死《し》にます——海《うみ》で事故《じこ》にあって。だからお葬式《そうしき》は無用《むよう》——そしてハムレットとわたしは、のうのうとデンマークをおさめる。王国《おうこく》はさかえ、かれは政治《せいじ》、わたしは慈善《じぜん》に身《み》をいれます。ちょうど最高級《さいこうきゅう》の孤児院《こじいん》をいくつか設立《せつりつ》したところ。もしあなたか、それともほかの理事《りじ》のどなたでも、見学《けんがく》のご希望《きぼう》がおありでしたらよろこんでご案内《あんない》いたします。いろいろご参考《さんこう》になることもあるかとぞんじます。

慈悲深《じひぶか》きデンマーク王妃《おうひ》
オフィーリア

三月《がつ》二十四日《か》

もしかすると二十五日《にち》

あしながおじさん

わたしは天国《てんごく》にいけそうもありません――この世《よ》でこんなにとくばっかりしてるんだもの、あの世《よ》でもそうだったら不公平《ふこうへい》です。なにがあったか、聞《き》いてください。

ジルーシャ・アボットは、校友会雑誌《こうゆうかいざっし》がまい年《ねん》おこなう短編小説《たんぺんしょうせつ》コンテスト（賞金《しょうきん》二十五ドル）に入選《にゅうせん》しました。それも二年生《ねんせい》の身《み》で。応募《おうぼ》したのはほとんどが四年生《ねんせい》。自分《じぶん》の名《な》まえがはりだされたのを見《み》ても、信《しん》じられなかった。やっぱりわたし、作家《さっか》になろうかな。ミセス・リペットがこんなへんな名《な》まえをくれなければよかったのに――いかにも女流作家《じょりゅうさっか》ぜんとしてるんですもの。そうでもない？

それからまたわたしは春《はる》の演劇祭《えんげきさい》にもえらばれてでます――「お気《き》にめすまま」の野外劇《やがいげき》。ロザリンドのいとこ。シーリアの役《やく》。

そしてさいごに。ジュリアとサリーとわたしはつぎの金曜日《きんようび》にニューヨークにゆきます。春《はる》の買《か》いものをしてひと晩《ばん》とまって、つぎの日《ひ》は「ジャーヴィーぼっちゃん」とお芝居《しばい》を見《み》ます。かれがわたしたちを招待《しょうたい》してくれたんです。ジュリアは自分《じぶん》のうちにとまりますが、サリーとわたしはマーサ・ワシントン・ホテルにとまります。こんな胸《むね》がドキドキするようなこと、聞《き》いたことある？　わたしはホテルにとまったこともないし、劇場《げきじょう》にいったこともありません。いちどカソリックの教会《きょうかい》がお祭《まつ》りに孤児《こじ》をよんでくれたことがあったけれど、それはほんとのお芝居《しばい》ではなく、問題外《もんだいがい》。だしものはなんだと思《おも》う？「ハムレット」考《かんが》えてもみて！　シェークスピアの授業《じゅぎょう》で四週間《しゅうかん》も勉強《べんきょう》して、わたしはそらでおぼえてる。
こんないろんなことなにもかにもに胸《むね》はずみ、夜《よる》も眠《ねむ》れず。
さよなら、おじさま。
この世《よ》はたのし。

いつまでもあなたの　　ジュディ

追伸《ついしん》　いまこよみを見《み》ました。二十八日《にち》だった。
もうひとつ追伸《ついしん》
きょう、かたほうの目《め》が茶色《ちゃいろ》、もうかたほうが青《あお》い目《め》の市電《しでん》の車《しゃ》しょうさんを見《み》ました。探偵小説《たんていしょうせつ》の悪者《わるもの》にうってつけじゃない？

四月《がつ》七日《か》

あしながおじさん
あんれまあ！　ニューヨークってでっけえなあ！　ウースターなんて問題《もんだい》にならない。あなたはほんとうにこんなごちゃごちゃのなかで生活《せいかつ》してらっしゃるの？　二日《か》いただけでぼうっとなってしまって、何《なん》か月《げつ》かかったってなおりそうにないわ。この目《め》で見《み》てびっくりしちゃったいろんなこと、なにから話《はな》していいのか、でもあなたはごぞんじですね、そこの住人《じゅうにん》ですもの。けれど町《まち》のたのしいことったら！　それから人《ひと》も！　お店《みせ》も！　ウインドウのなかのあのきれいなたくさんのもの、見《み》たことなかった。とっかえひっかえきものをきることだけに、一生《いっしょう》をささげたくなるくらい。

サリーとジュリアとわたしは、土曜日《どようび》の午前《ごぜん》いっしょに買《か》いものにゆきました。見《み》たこともないような最高《さいこう》に豪華《ごうか》なところへジュリアははいってゆきました。白《しろ》と金《きん》の壁《かべ》、青《あお》いじゅうたん、青《あお》い絹《きぬ》のカーテン、それに金《きん》ぴかのいす。金髪《きんぱつ》の、まったく文句《もんく》のつけようのない美《うつく》しいレディーが、すそを長《なが》くひいた黒《くろ》い絹《きぬ》の服《ふく》を着《き》てあらわれ、にこやかにわたしたちをむかえました。わたしは社交的《しゃこうてき》な訪問《ほうもん》をしにきたのかと思《おも》って、握手《あくしゅ》をしかけましたが、じつはただ帽子《ぼうし》を買《か》いにきただけらしいんです――すくなくともジュリアにとっては。かの女《じょ》は鏡《かがみ》の前《まえ》にすわって、一ダースもかぶってみました。あとからでてくるのほどすてきで、かの女《じょ》はいちばんすてきなのを二つ買《か》いました。

鏡《かがみ》の前《まえ》にすわって、ねだんなど考《かんが》えずにすきな帽子《ぼうし》を買《か》うことにまさるよろこびが、この人生《じんせい》にあるとは思《おも》えません！　まさしくそのとおり、おじさま、ニューヨークという都会《とかい》は、ジョン・グリーア孤児院《ホーム》があんなに根気《こんき》よくつちかったこのりっぱな禁欲的性格《きんよくてきせいかく》を、あっという間《ま》にぐらぐらにしてしまいそう。

買《か》いものをすませてから、わたしたちはシェリーの店《みせ》でジャーヴィーぼっちゃんとおちあいました。シェリーへはいらしたことがおありと思《おも》います。あの店《みせ》を思《おも》いうかべ、つぎにジョン・グリーア孤児院《ホーム》の食堂《しょくどう》を思《おも》いうかべてみてください。オイルクロースのかかったテーブル、わろうとしたってわれやしない白《しろ》いせともの類《るい》、木《き》の柄《え》のついたナイフとフォーク――わたしがどんな気持《きも》ちだったか、思《おも》ってもみて。わたしはまちがったフォークでおさかなを食《た》べたけど、給仕《きゅうじ》はだれにも気《き》づかれないように、たいへん親切《しんせつ》にべつのをわたしてくれました。

おひるのあとで劇場《げきじょう》へゆきました――目《め》のくらむような、ふしぎな、信《しん》じられないようなところ――まい晩《ばん》その夢《ゆめ》を見《み》ています。

シェークスピアはすばらしいですね！

舞台《ぶたい》の「ハムレット」は、クラスでいろいろ解《かい》しゃくしてたのよりはるかにすばらしかった。まえだっていいとは思《おも》ってたんだけど、いまやもう、ほんとにまったく！

わたし、あなたさえよかったら、作家《さっか》より女優《じょゆう》になったほうがいいんじゃないかと思《おも》います。大学《カレッジ》をやめさせて、演劇学校《えんげきがっこう》へいれてやりたいというお気持《きも》ちはございませんか？ そしたら、公演《こうえん》のたびにさじきの切符《きっぷ》をおおくりして、フットライトのむこうからあなたにほほえみかけます。どうかボタン穴《あな》に赤《あか》いバラだけはわすれずに、そしたらまちがいなくご本人《ほんにん》にほほえみかけられるから。もし人《ひと》ちがいなんかしたら、とてもきまりがわるい。

土曜日《どようび》の夜《よる》にかえってきましたが、夕食《ゆうしょく》は汽車《きしゃ》のなかでしました。小《ちい》さなテーブルにピンクのランプ、それに黒人《こくじん》の給仕《きゅうじ》。汽車《きしゃ》のなかで食事《しょくじ》できるなんて聞《き》いたことなかったので、うっかり口《くち》をすべらしてそういってしまいました。

Shooting,
Fishing,
Travelling,

「いったいぜんたいあなたったら、どこでそだったの？」

ジュリアはわたしにいいました。

「村《むら》で。」

と、わたしはおとなしくこたえました。

「だけど旅行《りょこう》したことは？」

と、かの女《じょ》。

「大学《カレッジ》へくるときまでなかったわ。そのときだってたった百六十《ひゃく》マイルだったから、食事《しょくじ》なんてしなかったのよ。」

わたしはそういっておきました。

そんなへんなことをいろいろいうので、ジュリアはたいへんわたしに好奇《こうき》の目《め》をむけはじめています。へんなことをいうまいといっしょうけんめい気《き》をつけてるんだけど、びっくりすると、ぱっと口《くち》からでてしまうの――それにしょっちゅうびっくりしてばかり。ジョン・グリーア孤児院《ホーム》で十八年間《ねんかん》をすごし、そしていきなり「世界《せかい》」へなげだされるってことは、おじさま、めまいがするような経験《けいけん》です。

けれど、だんだんなれてきています。まえみたいなひどいしくじりはもうしないし、友《とも》だちといっしょにいても不安《ふあん》ではありません。まえには人《ひと》に見《み》られるといつももじもじしたものでした。見《み》せかけの新《あたら》しい服《ふく》をとおして、下《した》のチェックのギンガムを見《み》すかされているように感《かん》じたんです。でももうギンガムが気《き》になるようなことはありません。きのうの苦労《くろう》はきのうにてたれり。

お花《はな》のこと、報告《ほうこく》するのわすれてた。ジャーヴィーぼっちゃんが、わたしたちそれぞれに、スミレとスズランの大《おお》きな花《はな》たばをくださったんです。やさしいかた。いままで男《おとこ》の人《ひと》に関心《かんしん》をもったことはありありませんでした――理事《りじ》さんたちから判断《はんだん》して――でも、だんだん考《かんが》えをかえつつあります。十一ページ――これが手紙《てがみ》ですって！　がまんしてください。もうやめます。

いつもあなたの　ジュディ

四月《がつ》十日《か》

お金持《かねも》ちさま

おおくりいただいた五十ドルの小切手《こぎって》を同封《どうふう》します。たいへん感謝《かんしゃ》しております。けれども、いただいておく気《き》にはなれません。月《つき》づきのお金《かね》で、わたしに必要《ひつよう》な帽子《ぼうし》はじゅうぶん買《か》えます。帽子店《ぼうしてん》について、いろいろばかなことを書きたて、もうしわけございません。でもあれはいままであんなものを見《み》たことがなかったからにすぎません。

とにかく、わたしはおねだりしたわけではありません！　やむをえずいただいているいじょうのほどこしは、おうけしたくないのです。

敬具《けいぐ》

ジルーシャ・アボット

四月《がつ》十一日《にち》

大《だい》すきなおじさま

きのうさしあげた手紙《てがみ》のこと、どうかゆるしてください。ポストへいれてから後悔《こうかい》してとりもどそうとしたんだけど、あのにくらしい係員《かかりいん》がかえしてくれなかったの。

いま、ま夜中《よなか》です。自分《じぶん》がなんという虫《むし》けらなんだろうと考《かんが》えて何時間《なんじかん》も眠《ねむ》らずにいます。虫《むし》けらも虫《むし》けらムカデの十倍《ばい》もの虫《むし》けら——これいじょうわるくいうことばが見《み》つからない！　ジュリアとサリーをおこさないように勉強《べんきょう》べやのとびらをそっとしめ、ベッドにおきあがって、歴史《れきし》のノートからちぎってきた紙《かみ》に、いまこの手紙《てがみ》を書《か》いています。

あの小切手《こぎって》のことで、たいへん礼儀《れいぎ》をわきまえぬことをして、もうしわけない気持《きも》ちでいっぱいだということを、いいたかったんです。やさしいお気持《きも》ちからだということはよくわかっています、帽子《ぼうし》なんてばかげたものにそんな心《こころ》づかいをしてくださるなんて、あなたはほんとにいいかただと思《おも》います。わたしはもっともっとていねいにおかえしすべきだったんです。

でもどっちみち、あれはおかえししなければなりませんでした。わたしはほかの女《おんな》の子《こ》たちとはちがうんです。かの女《じょ》たちは、あたりまえのこととして人《ひと》からものをもらうことができます。あの人《ひと》たちには、おとうさんや、にいさんや、おばさんやおじさんがいるんです。でもわたしはだれともそういう関係《かんけい》のもちようがない。わたしはあなたが自分《じぶん》の身内《みうち》だというふりをするのがすきですが、それはただそう思《おも》ってたのしむだけで、もちろんそうではないことはわかっています。

わたしはひとりです、ほんとうに──壁《かべ》を背《せ》に世間《せけん》とたたかっています──そう考《かんが》えると、なんだか息《いき》がつまるような気《き》がします。そんな考《かんが》えは自分《じぶん》の心《こころ》からおしのけて、そうじゃないふりをするのをつづけていますが、おじさま、わかりませんか？　わたしはやむをえずいただいてるいじょうは、おうけすることはできないんです。いつかはおかえししたいと思《おも》うようになりますし、たとえのぞみどおりの大作家《だいさっか》になったとしても、完全《かんぜん》に巨大《きょだい》な借金《しゃっきん》などというべきものと鼻《はな》つきあわせるのはできない相談《そうだん》でしょうから。

きれいな帽子《ぼうし》やなんかはたしかにすきです。でもそのために自分《じぶん》の将来《しょうらい》を抵当《ていとう》にするべきではありません。

あんなに無神経《むしんけい》だったこと、ゆるしてくださいますか？　思《おも》いつくとすぐ衝動的《しょうどうてき》に書《か》いてしまい、ポストにほうりこんでとりかえしがつかなくなるという、わるいくせがあるんです。けれどときには考《かんが》えなしの恩《おん》しらずに見《み》えても、けっして心《こころ》からそうではないんです。心《こころ》のなかではいつもあなたのくださったこの生活《せいかつ》と、自由《じゆう》と、独立《どくりつ》を、感謝《かんしゃ》しているのです。

わたしの子《こ》ども時代《じだい》は長《なが》い、ふきげんな反抗《はんこう》の連続《れんぞく》にすぎませんでした。いま、わたしの一刻一刻《いっこくいっこく》はしあわせすぎて、ほんとうだと信《しん》じられぬくらいです。お話《はなし》のなかの架空《かくう》のヒロインみたいな気《き》がする。

二時《じ》十五分《ふん》すぎ、これをポストにいれに、ぬき足《あし》さし足《あし》ぬけだします。あの手紙《てがみ》のすぐつぎの便《びん》でこれをおうけとりになるでしょう。で、わたしのことをわるくお考《かんが》えになるのも、そんなに長《なが》いあいだではないと思《おも》います。

おやすみなさい、おじさま。
いつもあなたを愛《あい》しています。
ジュディ

五月《がつ》四日《か》

あしながおじさん

こないだの土曜日《どようび》は運動会《うんどうかい》。壮観《そうかん》でした。まず全校生徒《ぜんこうせいと》が白《しろ》いリネンのおそろいを着《き》て行進《こうしん》、四年生《ねんせい》は青《あお》と金《きん》の日本《にほん》の日《ひ》がさをさし、三年生《ねんせい》は白《しろ》と黄《き》の旗《はた》をもちました。わたしたちのクラスはまっかな風船《ふうせん》——すごく人目《ひとめ》をひきました。のべつ手《て》からにげてふわふわ飛《と》びさるものだから——そして一年生《ねんせい》は長《なが》いふき流《なが》しのついた、緑《みどり》の薄葉紙《うすばがみ》の帽子《ぼうし》。それから青《あお》いユニフォームの楽隊《がくたい》も町《まち》からやとってきました。それから各競技《かくきょうぎ》のあいだも見物人《けんぶつにん》をおもしろがらせておくために、サーカスの道化《どうけ》みたいなおかしな人《ひと》たちが、一ダースほど。

ジュリアはリネンのダスターを着《き》て、ほおひげをつけ、だぶだぶのこうもりがさをもったでぶのいなか者《もの》になりました。パッツィー・モライアティ（ほんとはパトリシア。こんな名《な》まえって聞《き》いたことある？

ミセス・リペットだってここまではできないわ)。という、のっぽのやせっぽちが、へんてこりんな緑色《みどりいろ》の帽子《ぼうし》を耳《みみ》がかくれるくらいななめにかぶって、これがジュリアのおかみさん。このふたりづれがコースをひとまわりすると、大《おお》わらいが波《なみ》のよう。

ジュリアはこの役《やく》をじつにみごとにやりました。ペンドルトン家《け》の人《ひと》ともあろうものがこんな喜劇的《きげきてき》精神《せいしん》を発揮《はっき》できるとは夢《ゆめ》にも思《おも》わなかった――ジャーヴィーぼっちゃんにもうしわけないけれど。でもわたしはかれをほんとのペンドルトン一族《いちぞく》とは考《かんが》えていません、あなたをほんとの理事《りじ》とは思《おも》わないのとおなじように。

サリーとわたしは、競技《きょうぎ》にでることにしていたので、パレードには参加《さんか》しませんでした。そしてどうなったと思《おも》う？　ふたりとも勝《か》ったの！　全種目《ぜんしゅもく》にじゃないけれど。わたしたちは走《はし》り幅《はば》とびにでて負《ま》けましたが、サリーは棒高《ぼうたか》とびで一位《い》（二・一メートル）、わたしは五十ヤード（一ヤードは九一・四四センチ）競争《きょうそう》で優勝《ゆうしょう》（八秒《びょう》）。おしまいにはそうとう息《いき》がきれたけど、すごくゆかいでした。クラスぜんたいが風船《ふうせん》をふって、拍手《はくしゅ》して、声援《せいえん》してくれて。

どうなった　ジュディ・アボット？
がんばってるぞ
がんばってるのはジュディ・アボット！

これこそ、おじさま、ほんとの名誉《めいよ》ってもの。それから、着《き》がえ用《よう》テントへかけ足《あし》でもどって、アルコールでからだをふいてもらい、レモンをしゃぶらされました。プロなみでしょう。自分《じぶん》のクラスのために競技《きょうぎ》に勝《か》つのはすばらしいことなんです。なぜっていちばんたくさん勝《か》ったクラスが、その年《とし》の優勝《ゆうしょう》カップをとるんです。ことしは四年生《ねんせい》がみごと七種目《しゅもく》に勝《か》って、それをさらいました。運動部《うんどうぶ》が優勝者《ゆうしょうしゃ》一同《いちどう》のために、体育館《たいいくかん》で晩《ばん》さん会《かい》をひらいてくれました。からのやわらかいカニのフライに、バスケットボールの形《かたち》のチョコレート・アイスクリーム。

ゆうべは「ジェイン・エア」を読《よ》んで、夜中《よなか》までおきていました。おじさま、あなたは六十年《ねん》まえのことをおぼえてるほどのお年《とし》より？　もしそうだったら、そのころの人《ひと》はこんなもののいいかたをしたんですか？

ごうまんなレイディ・ブランシュは、召使《めしつか》いにいいます。「つべこべもうすな、ならず者《もの》めが、いいつけどおりにしやれ。」ロチェスター氏《し》は、金属《きんぞく》の虚空《こくう》について話《はな》しますが、これは空《そら》のことなんです。そしてハイエナのようにわらい、ベッドのカーテンに火《ひ》をつけ、結婚式《けっこんしき》のヴェイルをひきさいたり、かみちぎったりするあの気《き》ちがい女《おんな》にいたっては――もう純粋《じゅんすい》なメロドロマ、けれどなんであろうがおなじこと、読《よ》みはじめたら読《よ》みつづけてしまって、やめられません。どうしてこんな本《ほん》が若《わか》いむすめに、とくに教会《きょうかい》の境内《けいだい》にそだったむすめに書《か》けたんでしょう。わたしにはわかりません。

このブロンテ姉妹《しまい》には、わたしを夢中《むちゅう》にさせるなにかがあります。かの女《じょ》たちの書《か》いた本《ほん》、その生涯《しょうがい》、そのたましい、どこからそんなものを得《え》たんでしょう？　慈善学校《じぜんがっこう》での小《ちい》さいジェインの苦労《くろう》を読《よ》んだとき、わたしは腹《はら》がたって腹《はら》がたって、散歩《さんぽ》にでてそれをしずめるよりありませんでした。ジェインの気持《きも》ち、わたしには正確《せいかく》にわかります。ミセス・リペットを知《し》っているわたしには、ブロックルハースト氏《し》がまざまざとこの目《め》に見《み》えるのです。

おこらないでください、おじさま。ジョン・グリーア孤児院《ホーム》が、ローウッド学校《がっこう》みたいだとあてこすりをいってるのではありません。わたしたちには食《た》べるものも着《き》るものもたっぷりあり、おふろの水《みず》もじゅうぶんだったし、地下室《ちかしつ》には暖房装置《だんぼうそうち》もありました。

けれどひとつだけどうにもならないくらい似《に》たところがあったんです。わたしたちの生活《せいかつ》は、あくまで単調《たんちょう》で、なにひとつ変化《へんか》がありませんでした。日曜日《にちようび》のアイスクリームをのぞいては、たのしいことなんて一どもおこらなかったし、そのアイスクリームだっておきまりでした。あそこにいた十八年間《ねんかん》に、ただ一どだけおもしろいことがありました——たきぎ小屋《ごや》の火事《かじ》。夜中《よなか》におこされて、火《ひ》がうつった場合《ばあい》にそなえて、着《き》がえしなければなりませんでした。けれど火《ひ》はうつらず、ベッドへ逆《ぎゃく》もどり。

だれだって、すこしはびっくりすることがすきです、まったく自然《しぜん》な、人間《にんげん》としての欲求《よっきゅう》です。けれどわたしは、ミセス・リペットに事務所《じむしょ》によびつけられて、ジョン・スミスというかたがわたしを大学《カレッジ》へやってくださると聞《き》かされるまで、一どもびっくりしたことがありませんでした。そのときだって、ミセス・リペットがニュースを小出《こだ》しにしたので、あんまりショックじゃなかったくらい。

あのね、おじさま、だれにでもいちばん必要《ひつよう》な性質《せいしつ》は想像力《そうぞうりょく》をもつことだと、わたしは思《おも》います。それがあれば、ほかの人《ひと》の立場《たちば》に自分《じぶん》をおいてみることができ、人《ひと》にたいしてやさしく、思《おも》いやり深《ぶか》く、理解《りかい》ある人間《にんげん》になれます。子《こ》どもたちにそれをつちかってやるべきです。ところが、ジョン・グリーア孤児院《ホーム》では、そんなものがちらりとでもあらわれようものなら、たちまちふみけしてしまうのでした。義務《ぎむ》ということだけが奨励《しょうれい》されました。義務《ぎむ》などということばの意味《いみ》を子《こ》どもたちが知《し》るべきだとはわたしは思《おも》わない。それはいやらしい、いまわしいことばです。子《こ》どもたちはどんなことでも愛情《あいじょう》からするべきです。

わたしが院長《いんちょう》の孤児院《こじいん》をごらんになるまで待《ま》っていてください！　夜《よる》、眠《ねむ》るまえにやるわたしのお気《き》にいりのあそびなんです。うんとこまかいところまで計画《けいかく》を立《た》てるんです——食事《しょくじ》、衣類《いるい》、勉強《べんきょう》、娯楽《ごらく》、それから罰《ばつ》のことまで。わたしのところの優秀《ゆうしゅう》な孤児《こじ》たちだって、ときにはいたずらをしますからね。けれどとにかく、わたしの孤児《こじ》たちはしあわせにしてやります。おとなになってからどんなに苦労《くろう》するにしても、だれでもみな幸福《こうふく》な子《こ》ども時代《じだい》の思《おも》い出《で》をもつべきだと思《おも》います。もしかりに自分《じぶん》の子《こ》どもをもつとしたら、どんなに自分《じぶん》は不幸《ふこう》でも、子《こ》どもたちにはおとなになるまでなんの苦労《くろう》もさせぬようにします。

（礼拝堂《チャペル》の鐘《かね》が鳴《な》っています——この手紙《てがみ》はこれにておあずけ。）

木曜日《もくようび》

きょうの午後《ごご》、実験室《じっけんしつ》からもどってくると、リスが一ぴき、ティー・テーブルにすわって、アーモンドをかってに食《た》べてました。あたたかい気候《きこう》になって、窓《まど》があけっぱなしなので、このごろはこんな訪問者《ほうもんしゃ》をおもてなししてます――。

土曜日《どようび》の朝《あさ》

ゆうべは金曜日《きんようび》で、きょうは授業《じゅぎょう》はないから、賞金《しょうきん》で買《か》ったスティヴンスン全集《ぜんしゅう》をかかえて、気持《きも》ちのいい、しずかな、読書三昧《どくしょざんまい》の夜《よる》をすごしたことだろうとたぶんそう思《おも》ってらっしゃることでしょうね。けれどもしそうだったら、それはあなたが女子大《じょしだい》へはいったことのない証拠《しょうこ》よ、おじさま。友《とも》だちが六人《にん》、ファッジ（みつでつくった菓子）をつくりにひょっこりやってきて、そのうちのひとりがファッジを――まだどろどろのうちに――いちばん上等《じょうとう》のじゅうたんのまんまんなかにおっことしました。しみをとることは永久《えいきゅう》に不可能《ふかのう》でありましょう。

さいきんの学課《がっか》について報告《ほうこく》しませんでしたが、われわれはいまだになおまい日勉強《にちべんきょう》をつづけております。けれど、勉強《べんきょう》からはなれて、広《ひろ》く人生一般《じんせいいっぱん》について論《ろん》じあうのも、ある種《しゅ》の息《いき》ぬきです――あなたとわたしのあいだでは、どちらかといえば一方的議論《いっぽうてきぎろん》ですが、それはあなたのせい。いつでもおすきなときに、やりかえしてくださるのは大歓迎《だいかんげい》。

書《か》いてはやめ、やめては書《か》き、三日間《かかん》。もうイイカゲンうんざりなさったことでしょう。

さようなら、いいかた
ジュディ

あしながスミス殿《どの》

拝啓《はいけい》。このたび弁論《べんろん》および命題項目別分類法《めいだいこうもくべつぶんるいほう》の研究《けんきゅう》を完了《かんりょう》しましたので、下記《かき》の形式《けいしき》を書簡《しょかん》に応用《おうよう》することに決定《けってい》。必要《ひつよう》な記述《きじゅつ》のすべてをふくみ、不必要《ふひつよう》なことばはまったくふくみません。

Ⅰ　今週《こんしゅう》、以下《いか》の筆記試験《ひっきしけん》をうけました。

　A　化学《かがく》。

　B　歴史《れきし》。

Ⅱ　寄宿舎《きしゅくしゃ》一棟《むね》、新築中《しんちくちゅう》。

　A　その材料《ざいりょう》は、

　　(a) 赤《あか》れんが。

　　(b) 灰《はい》いろ石《いし》。

　B　予定収容人員《よていしゅうようじんいん》、

　　(a) 舎監《しゃかん》一名《めい》。教師《きょうし》五名《めい》。

　　(b) 女生徒《じょせいと》二百名《ひゃくめい》。

　　(c) 家政婦《かせいふ》一名《めい》。コック三名《めい》。女給仕《おんなきゅうじ》二十名《めい》。女中《じょちゅう》二十名《めい》。

Ⅲ　今夜《こんや》のデザートはジャンケット（牛乳をかためたもの）。

Ⅳ　シェークスピア劇《げき》の出典《しゅってん》につき、特別論文《とくべつろんぶん》を執筆中《しっぴつちゅう》。
Ⅴ　ルウ・マクマホンは、本日午後《ほんじつごご》バスケットボール中《ちゅう》にすべって転倒《てんとう》、その結果《けっか》、
　A　肩《かた》を脱臼《だっきゅう》。
　B　ひざに打撲傷《だぼくしょう》。
Ⅵ　帽子《ぼうし》一個新調《こしんちょう》。そのかざりは、
　A　青《あお》いビロードリボン。
　B　青《あお》い羽根《はね》二本《ほん》。
　C　赤《あか》い房《ふさ》三つ。
Ⅶ　時刻《じこく》は九時半《じはん》。
Ⅷ　おやすみなさい。

ジュディ

六月二日《がつか》

あしながおじさん
すてきなことがおこりました。あててみる？　でもあたりっこない。
マクブライド家《け》の人《ひと》たちが、夏《なつ》をアディロンダックスにあるかれらの山荘《キャンプ》ですごさないかってさそって

くれたんです！ 森《もり》のまんなかのきれいな小《ちい》さい湖《みずうみ》のほとりにあるクラブみたいなものにはいってるんです。会員《かいいん》はそれぞれみな木立《こだ》ちのあいだに点《てん》てんと丸木小屋《まるきごや》をもっていて、湖《みずうみ》でカヌーをこいだり、小道《こみち》をたどってよその山荘《キャンプ》まで遠出《とおで》をしたり、週《しゅう》に一どはクラブでダンスをしたり――ジミー・マクブライドが、大学《だいがく》の友《とも》だちをひとり、夏《なつ》のあいだしばらくよぶつもりだそうですから、ダンスのあいてにもこまりません。

ミセス・マクブライドってやさしいかたね、わたしをさそってくださるなんて。クリスマスにうかがったとき、わたしをすきになってくださったらしい。

かんたんな手紙《てがみ》でごめんなさい。これはほんとうのじゃないの。この夏《なつ》どうしたいかということを、とりあえずお知《し》らせするだけ。

では、
いとみちたりた精神状態《せいしんじょうたい》の
ジュディ

六月五日《がっか》

あしながおじさん

たったいま、あなたの秘書《ひしょ》のかたから手紙《てがみ》がきました。ミスター・スミスはわたしがミセス・マクブライドの招待《しょうたい》をうけず、この夏《なつ》も去年《きょねん》とおなじようにロックウイローへかえることをのぞんでおられるとのこと。

どうして、なぜ、ど・う・し・て・なの？　おじさま。

わかってくだすってないんです。ミセス・マクブライドは、ほんとに本気《ほんき》でわたしをよんでくださってるんです。わたしはほんのこれっぽっちもめいわくはかけません。かえって手《て》だすけになるんです。召使《めしつか》いをそんなにはつれてらっしゃらないので、サリーとわたしはいろいろお手《て》つだいができます。家事《かじ》をならうにもぜっこうのチャンスなんです。女《おんな》ならだれでも家事《かじ》を知《し》ってなければならないのに、わたしときたら孤児院《こじいん》のしごとを知《し》ってるだけなのですから。

おない年《どし》くらいの女《おんな》の子《こ》が、山荘《キャンプ》にはひとりもいないので、ミセス・マクブライドはわたしをサリーのあいてにしておきたいんです。ふたりでたくさん本《ほん》を読《よ》む計画《けいかく》です。来年《らいねん》の国語《こくご》と社会学《しゃかいがく》の本《ほん》をみんな読《よ》んでしまうつもり。夏《なつ》のあいだに読《よ》みおえられたら、とても役《やく》にたつだろうと先生《せんせい》はおっしゃいました。それにいっしょに読《よ》んで、話《はな》しあえば、ずっとらくに頭《あたま》にはいります。

サリーのおかあさんとひとつ家《いえ》に住《す》むだけでも、これは教育《きょういく》といえます。かの女《じょ》は世界《せかい》じゅうでいちばんおもしろく、いちばんたのしく、いちばんなごやかで、いちばんチャーミングな婦人《ふじん》です。なんでも知《し》ってるんです。ミセス・リペットとすごしたいくつもの夏《なつ》、それにくらべてなんというちがい、考《かんが》えてもみてください。

わたしがいっては家《いえ》がせま苦《くる》しくなるだろうなんて心配《しんぱい》はご無用《むよう》、あの家《いえ》はゴムでできてるんですから。お客《きゃく》がふえたら、森《もり》のなかにテントをばらまいて、男《おとこ》の子《こ》たちを外《そと》へおいはらってしまうんです。外《そと》で運動《うんどう》しっぱなしのすてきに健康的《けんこうてき》な夏《なつ》。ジミー・マクブライドが馬《うま》の乗《の》りかた、カヌーのこぎかた、鉄砲《てっぽう》のうちかた、それに――わあ、なんてたくさんならわなくちゃいけないの――とにかくそんないろんなことを教《おし》えてくれることになってます。

いままで知《し》らなかったすてきな、たのしい、のんきな時間《じかん》、どんな女《おんな》の子《こ》にだって一生《いっしょう》に一どはそんなときがあっていいと思《おも》う。もちろんわたしはあなたのおっしゃるとおりにしますけれど、どうかお願《ねが》いです。おじさま、いかせてください。こんなに強《つよ》く願《ねが》ったことは、いままでにありません。

これを書《か》いたのは未来《みらい》の大作家《だいさっか》ジルーシャ・アボットではありません。ただのジュディ――ひとりのオンナノコなの。

六月九日《がつか》

ジョン・スミスさま

拝啓《はいけい》。本月七日付《ほんげつかづけ》のお手紙落手《てがみらくしゅ》。貴下《きか》の秘書《ひしょ》を通《つう》じてうけましたおさしずにしたがい、ロックウイロー農場《のうじょう》にて夏《なつ》をすごすべく、きたる金曜日《きんようび》に出発《しゅっぱつ》いたします。

敬具《けいぐ》

（ミス）ジルーシャ・アボット

ロックウイロー農場《のうじょう》にて　八月三日《がつか》

あしながおじさん

このまえお手紙《てがみ》してから、ほとんど二か月《げつ》になります。いいことじゃないわ、わかってます。だけどこの夏《なつ》はあなたをあまりすきじゃなかったの――ほら、率直《そっちょく》でしょう！　マクブライド家《け》の山荘《キャンプ》をあきらめなくてはならなくて、どんなにがっくりきたか、わかってはいただけないでしょう。あなたはわたしの保護者《ほごしゃ》だし、わたしはなにごとにつけてもあなたの意志《いし》を尊重《そんちょう》しなくちゃならないことは、もちろんわたしにはよくわかってます。

けれどわたしには、どうしても理由《りゆう》がわからなかったんです。またとないことだっていうことが、あんまりはっきりしてたんだもの。もしわたしがおじさまで、あなたがジュディだったら、わたしはこういったでしょう。「よかったね、いって、たのしくやっといで。新《あたら》しい人《ひと》たちにおおぜいあって、新《あたら》しいことをたくさんならっといで。外《そと》で暮《く》らして、強《つよ》くなって、じょうぶになって、ゆっくりしといで。また一年間《ねんかん》、いっしょうけんめい勉強《べんきょう》できるように。」

ところがどういたしまして！　あなたの秘書《ひしょ》からそっけない手紙《てがみ》が一通《つう》、ロックウイローへいけって。わたしの気持《きも》ちを傷《きず》つけるのは、あなたの命令《めいれい》の人間味《にんげんみ》のなさです。もしもわたしがあなたを思《おも》っている気持《きも》ちを、ほんのちょっぴりでも察《さっ》してくださるなら、あんないまいましいタイプでうった秘書《ひしょ》の紙《かみ》っきれなんかのかわりに、たまにはご自身《じしん》でお書《か》きになった手紙《てがみ》をくださってもよさそうなものじゃないかという気《き》がします。わたしのことを気《き》にかけているっていうことが、ほんのちょっとでも感《かん》じられれば、あなたをよろこばせるためにわたしはなんでもします。

返事《へんじ》をもらおうなんて思《おも》わずに、おもしろくて、長《なが》くて、くわしい手紙《てがみ》を書《か》くべきだってことはわかってます。あなたはあなたのがわの約束《やくそく》をまもってらっしゃる——わたしはこうして教育《きょういく》されてます——そしてたぶん、あなたはこう思《おも》ってるんだ。おまえこそ約束《やくそく》をまもってないぞって。

けれど、おじさま、つらい約束《やくそく》です、ほんとに。とても、おそろしいくらいさびしいの。あなたはわたしが心《こころ》にかけるただひとりのかた、それなのにあなたは影《かげ》のよう。あなたは、わたしが想像《そうぞう》のなかででっちあげた人《ひと》にすぎなくて——たぶんほんとのあなたはわたしのあなたとは似《に》ても似《に》つかないのでしょう。だけど、一どだけあなたはお便《たよ》りをくださった。わたしが病気《びょうき》で寝《ね》てたときに。いま、すっかりわすれられてしまったように感《かん》ずるとき、わたしはあのカードをとりだして、読《よ》みかえします。

いいだそうとしてたことを、ちっともいってないようです。それはこういうこと。

いまでもわたしの気持《きも》ちは傷《きず》ついています。専横《せんおう》で独断的《どくだんてき》で、理不尽《りふじん》で、全能《ぜんのう》で、正体不明《しょうたいふめい》の神《かみ》さまにひろわれて、こづきまわされるなんて、とてもぶじょくだもの。けれどそれでもなお、あなたがこれまでわたしにしてくださったように、やさしくて、寛大《かんだい》で、思《おも》いやり深《ぶか》い人《ひと》がいたら、その人《ひと》はその気《き》なら、専横《せんおう》で、独断的《どくだんてき》で、理不尽《りふじん》で、正体不明《しょうたいふめい》の神《かみ》さまになる権利《けんり》があると思《おも》います。だから——わたしはあなたをゆるしてあげて、もう一どほがらかになります。でもやっぱり、みんなで山荘《キャンプ》でたのしくやってるなんてサリーの手紙《てがみ》がくると、ゆかいにはなれません。

けれども——この話《はなし》にはもう幕《まく》、はじめからやりなおし。

この夏《なつ》、わたしは書《か》きに書《か》いています。短編小説《たんぺんしょうせつ》を四つしあげ、それぞれべつの四つの出版社《しゅっぱんしゃ》におくりました。作家《さっか》になるべくはげんでること、これでおわかりいただけると思《おも》います。ジャーヴィーぼっちゃんが、雨《あめ》の日《ひ》のあそびべやにしていた屋根裏《やねうら》のすみっこに、しごとべやをつくりました。すずしい、風通《かぜとお》しのいいすみっこです。あかりとりの窓《まど》が二つあり、うろのなかにアカリスの家族《かぞく》の住《す》んでる一本《ぽん》のカエデの木《き》のかげになっています。

二、三日中《にちちゅう》に、もっとましな手紙《てがみ》を書《か》いて、農場《のうじょう》のニュースをすっかりお知《し》らせしましょう。

ひと雨《あめ》ほしい。

あいかわらずあなたの　　ジュディ

八月《がつ》十日《か》

あしながおじうえ殿《どの》

拝啓《はいけい》。牧場《ぼくじょう》の池《いけ》のほとりに立《た》つ、ヤナギの木《き》の二番《ばん》めのまたより一筆啓上《ぴっけいじょう》。下《した》ではカエルが鳴《な》き、上《うえ》ではセミがうたい、二ひきの小《ち》さなリスが、幹《みき》をすばしっこく上下《じょうげ》しています。一時間《じかん》もまえからここにいます。たいへんすわりごこちのいい木《き》のまた、とくにソファのクッションを二枚《まい》しいてからは。ペンとメモ帳《ちょう》をもって、不朽《ふきゅう》の短編小説《たんぺんしょうせつ》をものそうとあがってきたのですが、わたしのヒロインにはほとほと手《て》をやいてます——わたしの思《おも》いどおりに行動《こうどう》してくれないの。そこでしばらくかの女《じょ》をうっちゃらかしにして、この手紙《てがみ》を書《か》いているところ（これも五十歩百歩《ぽひゃっぽ》、あなたにしたって、わたしの思《おも》うようにふるまわせることはできませんから）。

あなたがあのものすごいニューヨークにいらっしゃるのでしたら、この美《うつく》しい、風《かぜ》かおる、お日《ひ》さまいっぱいのけしきをすこしおくってあげたい。一週間雨《しゅうかんあめ》がふって、いまや田園《でんえん》はまさに天国《てんごく》。

天国《てんごく》といえば——去年《きょねん》の夏《なつ》お話《はな》ししたケロッグさんのこと、おぼえてらっしゃいますか？　四つ角《かど》の小《ちい》さな白《しろ》い教会《きょうかい》の牧師《ぼくし》さん。あのお年《とし》より、かわいそうになくなりました——去年《きょねん》の冬《ふゆ》、肺炎《はいえん》で。お説教《せっきょう》を五、六ぺんも聞《き》きにいって、かれの神学《しんがく》とはすっかりおなじみになってたのに。かれはいちばんはじめに信《しん》じたことを、すっかりそのままさいごまで信《しん》じていました。ただのひとつも意見《いけん》をかえないで、四十七年間《ねんかん》、生一本《きいっぽん》にものを考《かんが》えられる人《ひと》なんて、めずらしいこっとう品《ひん》としてガラス箱《ばこ》に保存《ほぞん》すべきだと思《おも》うわ。ハープと金色《きんいろ》の後光《ごこう》をたのしんでいらっしゃることでしょう、天国《てんごく》にはそういうものがあるって、かれは心《こころ》の底《そこ》から信《しん》じきってたのですから！

後任《こうにん》としてひどくもったいぶった若《わか》い人《ひと》がきました。信者《しんじゃ》たちは疑心暗鬼《ぎしんあんき》、とくにカミングス副牧師《ふくぼくし》のひきいる一派《いっぱ》は。教会《きょうかい》にはいまにもおそろしい分裂《ぶんれつ》がおこりそうなけはい。このあたりでは、宗教上《しゅうきょうじょう》の革新《かくしん》には関心《かんしん》がないんです。

雨《あめ》のつづいた一週間《しゅうかん》のあいだ、夜《よる》おそくまで屋根裏《やねうら》べやにすわりこんで読書三昧《どくしょざんまい》にふけりました——さらに[illegible]作者自身のほうが作中人物《さくちゅうじんぶつ》のだれよりもずっとおもしろい。活字にしたらかっこいいヒーローの型《かた》どおり、自分自身《じぶんじしん》をつくりあげたんだろうと思《おも》う。

父親《ちちおや》の遺産《いさん》の一万《まん》ドルをのこらずつかいはたしてヨットを買《か》い、南洋《なんよう》へ航海《こうかい》にでてしまうなんて、まったく完《かん》ぺきだと思《おも》わない？　かれは自分《じぶん》の冒険的《ぼうけんてき》な信条《しんじょう》にしたがって行動《こうどう》しました。わたしだっておとうさんが一万《まん》ドルのこしてくれたら、やっぱりそうする。ヴェイリマのことを考《かんが》えるとぐっときちゃう。熱帯《ねったい》が見《み》たい、世界《せかい》じゅう見《み》てみたい。いつかは見《み》るわ――まじめな話《はなし》、おじさま、大作家《だいさつか》か、大芸術家《だいげいじゅつか》か、大女優《だいじょゆう》か、大劇作家《だいげきさっか》か――とにかく、ひとかどの人物《じんぶつ》になれたら。ひどい放浪熱《ほうろうねつ》にかかってるの。地図《ちず》を見《み》ただけで、帽子《ぼうし》を頭《あたま》にのっけ、こうもりがさをかかえて、出発《しゅっぱつ》したくなるんです。

「南洋《なんよう》のシュロと寺院《じいん》を見《み》て、それからだ死《し》ぬのは。」

木曜日《もくようび》のたそがれ
戸口《とぐち》の階段《かいだん》にすわって

この手紙《てがみ》になにかニュースをいれるのに、とても抵抗《ていこう》を感《かん》じるんです。ジュディはさいきんとみに哲学的《てつがくてき》になりつつあり、日常《にちじょう》のみみっちいこまごましたことを書《か》くよりは、広《ひろ》く世界全般《せかいぜんぱん》について論《ろん》じたがっています。けれどどうしてもとおっしゃるなら、以下《いか》がニュース。

子《こ》ブタが九ひき、こないだの火曜日《かようび》、小川《おがわ》をわたって逃亡《とうぼう》、八ひきだけかえってきました。他人《たにん》を非難《ひなん》したくはありませんが、ダウドの後家《ごけ》さんが、もつべき数《かず》より一ぴき余分《よぶん》にもってるらしい。ウィーヴァーさんが納屋《なや》とサイロを二つ、カボチャ色《いろ》にぬりました――ひどい色《いろ》。けれど長《なが》もちするんですってさ。

ブリュワー家《け》には今週《こんしゅう》お客《きゃく》さんがきてます。オハイオ州《しゅう》からきたブリュワー夫人《ふじん》の妹《いもうと》と、ふたりのめい。

ロード・アイランド・レッド種《しゅ》のニワトリの一羽《わ》は、十五のたまごからたった三びきしかひよこをかえしませんでした。なにがわるかったのか不明《ふめい》。ロード・アイランド・レッド種《しゅ》は、わたしの意見《いけん》では、ごく劣等種《れっとうしゅ》です。バフ・オーピントン種《しゅ》のほうがまし。

ボニーリッグ四つ角《かど》の雑貨屋兼郵便局《ざっかやけんゆうびんきょく》の新《あたら》しい局員《きょくいん》が、しまってあったジャマイカ・ジンジャーを一滴《いってき》あまさず――七ドル分《ぶん》――飲《の》みほしたところを発見《はっけん》されました。

アイラ・ハッチじいさんはリューマチで、はたらけなくなりました。いい給料《きゅうりょう》をとってたころに貯金《ちょきん》しておかなかったので、いまでは町《まち》のやっかいになって生《い》きていかねばなりません。

こんどの土曜日《どようび》の晩《ばん》、学校《がっこう》でアイスクリーム親睦会《しんぼくかい》あり、ご家族同伴歓迎《かぞくどうはんかんげい》。

雑貨屋《ざっかや》で買《か》った二十五セントの新《あたら》しい帽子《ぼうし》をかぶってます。これは最新《さいしん》のポートレートで、まぐさをあつめにゆくところ。

だんだん暗《くら》くなって、見《み》えなくなりそう。いずれにしろニュースはこれでたねぎれ。

おやすみなさい　　ジュディ

127　ミス・ジルーシャ・アボットより　ミスター・あしながスミスあての手紙

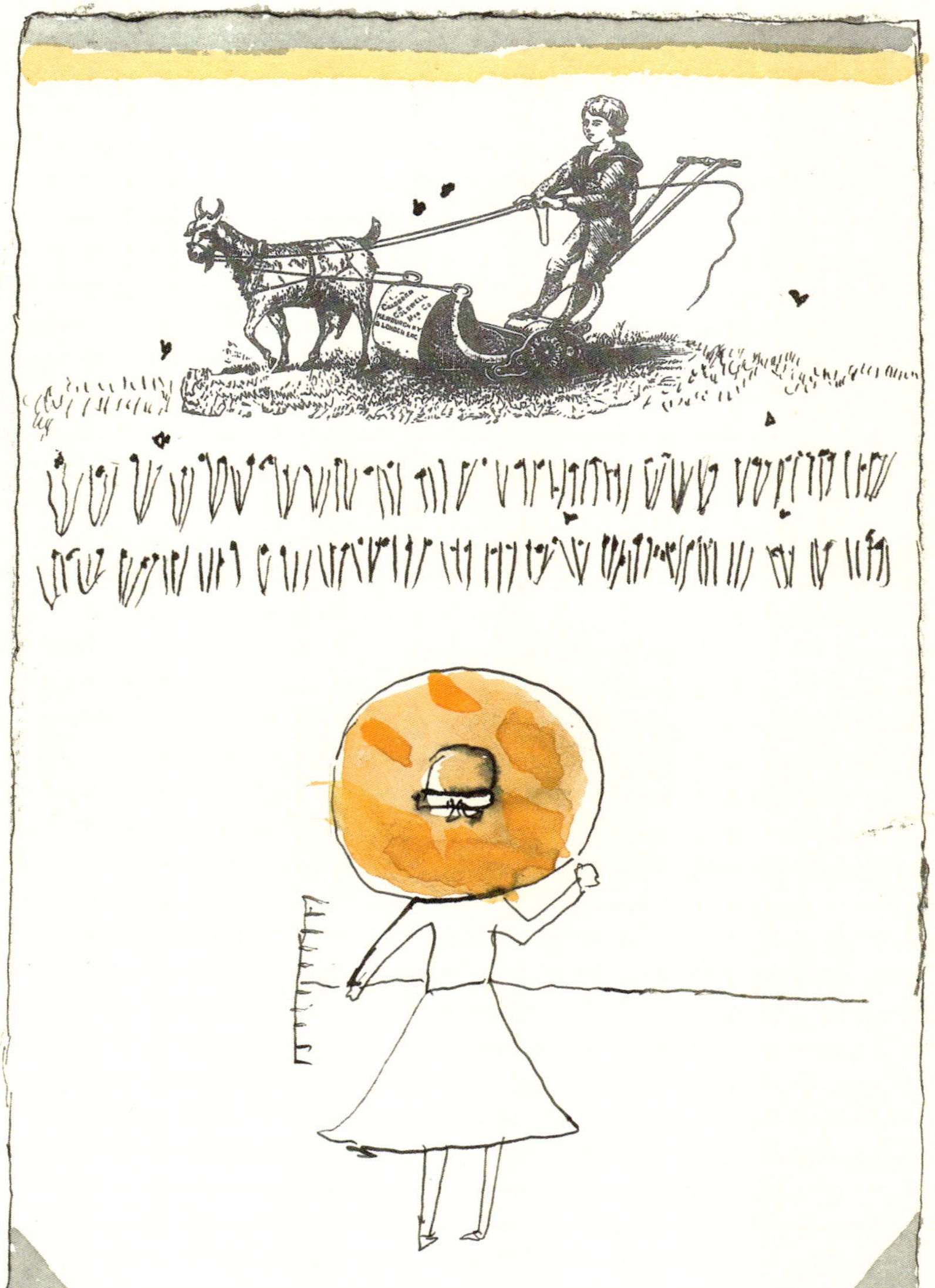

金曜日《きんようび》

おはよう！　ちょっとしたニュース！　なんだと思《おも》う？　だれかさんがロックウイローにやってくる。だけどあなたにはけっしてけっしてわからない。ミスター・ペンドルトンからセンプルさんの奥《おく》さんに手紙《てがみ》がきたんです。バークシャー地方《ちほう》を自動車旅行《じどうしゃりょこう》しているところだが、つかれたのでどこか気持《きも》ちのいいしずかな農場《のうじょう》で休《やす》みたい——ついては、いつか夜中《よなか》に戸口《とぐち》で車《くるま》をとめても、へやを用意《ようい》しておいてもらえるだろうか。たぶん一週間《しゅうかん》くらい、もしかすると二週間《しゅうかん》、それとも三週間《しゅうかん》いることになるかもしれない。ついてから休養《きゅうよう》に適《てき》するかどうか見《み》てきめる。

わたしたちはてんやわんや。家《いえ》じゅうそうじをして、カーテンをみんな洗《せん》たくして。けさはこれから四つ角《かど》まで馬車《ばしゃ》でいって入《い》り口《ぐち》にしく新《あたら》しいオイルクロースと、ホールと裏階段《うらかいだん》にぬる茶色《ちゃいろ》のペンキを二かん買《か》ってくるところ、ダウドの後家《ごけ》さんをたのんで、あす、窓《まど》を洗《あら》ってもらいます（火急《かきゅう》の場合《ばあい》なので、子《こ》ブタに関《かん》する疑《うたが》いは後日《ごじつ》にゆずる）。こんなさわぎでは、この家《いえ》はいままできれいじゃなかったんだなとお考《かんが》えになるかもしれないけど、さにあらず！　センプルさんの奥《おく》さんにどんな欠点《けってん》があるにしろ、かの女《じょ》はまさにハウスキーパーそのもの。

でもおじさま、いかにも男《おとこ》の人《ひと》らしいじゃない。ジャーヴィーぼっちゃんは、きょう戸口《とぐち》に上陸《じょうりく》か、それともきょうから二週間後《しゅうかんご》か、手《て》がかりひとつあたえてくれてないの。かれがつくまでわたしたちはいまかいまかと胸《むね》ドキドキ——もしいそがぬ旅《たび》だったら、もう一どすっかりそうじのやり直《なお》しをしなきゃなりません。

ミス・ジルーシャ・アボットより　ミスター・あしながスミスあての手紙

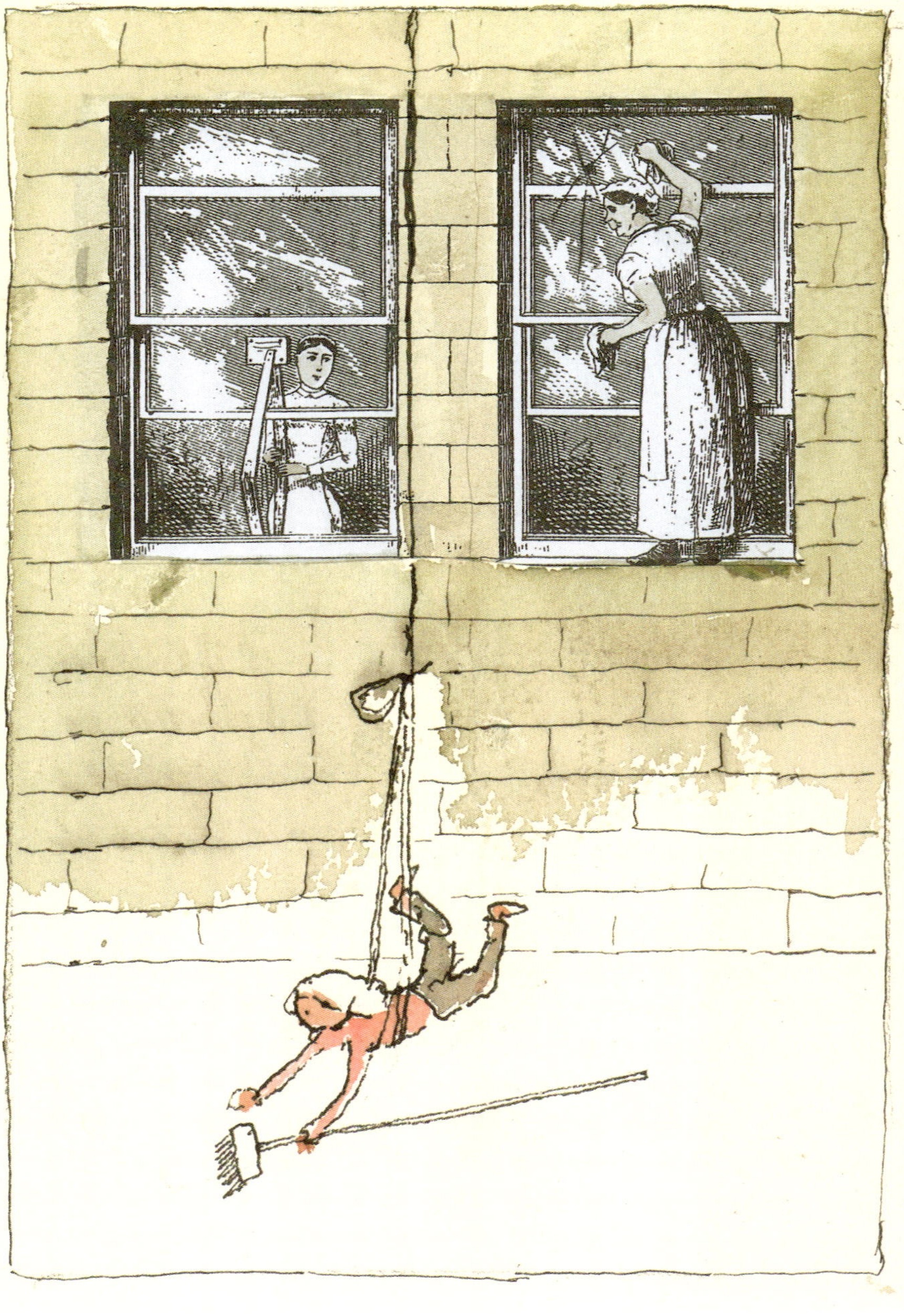

下《した》でアマサイが馬車《ばしゃ》にグローヴをつけて待《ま》ってます。ひとりでゆきます——でもよぼよぼグローヴをごらんになりさえしたら、わたしの安全《あんぜん》を心配《しんぱい》なさったりはしません。

心《こころ》に手《て》をあてて——さらば。

ジュディ

追伸《ついしん》　すてきな結《むす》びでしょう？　スティヴンスンの手紙《てがみ》からのいただき。

土曜日《どようび》

もういっぺん、おはよう！　きのう、郵便屋《ゆうびんや》さんがくるまえに封《ふう》をしそこなったので、もうすこし書《か》きたします。集配《しゅうはい》は一日《にち》に一回《かい》、正午《しょうご》にきます。いなかでは郵便《ゆうびん》てものは、お百姓《ひゃくしょう》さんにとって、天《てん》のめぐみみたいなもの！　郵便屋《ゆうびんや》さんは手紙《てがみ》の配達《はいたつ》だけでなく、用事《ようじ》ひとつにつき五セントで、町《まち》での用《よう》たしまで代行《だいこう》してくれます。きのうはわたしにくつひもと、コールドクリームひとびん（新《あたら》しい帽子《ぼうし》を手《て》にいれるまえに、日《ひ》やけで鼻《はな》の頭《あたま》がすっかりむけちゃった）、それに青《あお》いウインザー・タイとくつずみひとびん、ぜんぶで十セントでとどけてくれました。わたしの注文《ちゅうもん》が大量《たいりょう》だったため、おおいにおまけしてくれたんです。

そのほかにも、かれは広《ひろ》い世間《せけん》のできごとも知《し》らせてくれます。配達《はいたつ》の道《みち》すじに新聞《しんぶん》をとってる人《ひと》が何人《なんにん》かいるので、てくてく歩《ある》きながらそれを読《よ》み、とってない人《ひと》にニュースを聞《き》かせるんです。だからまんいち、日本《にほん》とアメリカのあいだに戦争《せんそう》がはじまったり、大統領《だいとうりょう》が暗殺《あんさつ》されたり、ロックフェラーさんがジョン・グリーア孤児院《ホーム》に百万《ひゃくまん》ドルの遺産《いさん》をのこしたりしても、わざわざお知《し》らせくださるにはおよびません。いずれは耳《みみ》にはいるわ。

ジャーヴィーぼっちゃんのあらわれるけはい、いまだになし。けれどどんなに家《いえ》がぴかぴかか——家《いえ》へはいるまえにどんなにたんねんにくつをふくか、おめにかけたいよう！

はやくくるといいと思《おも》う、話《はな》しあいてがほしくてたまらないの。センプルさんの奥《おく》さんは、ほんというと、どうも単調《たんちょう》なんです。とりとめもなくしゃべるだけで、とちゅうでやめて考《かんが》えるってことがないんです。それがここの人《ひと》たちのかわってるところ。かれらの世界《せかい》はこの丘《おか》のてっぺんだけ。ちっとも普遍的《ふへんてき》じゃない。わたしのいう意味《いみ》、わかってもらえるかしら。

その点《てん》、ジョン・グリーア孤児院《ホーム》とまったくそっくり。あそこではわたしたちの考《かんが》えは、四方《しほう》にめぐらされた鉄《てつ》さくから外《そと》へでられませんでした。まだ子《こ》どもだったし、おそろしくいそがしかったので、そんなに気《き》にしてなかっただけです。受《う》けもちのベッドをすっかりかたづけて、ちびたちの顔《かお》を洗《あら》ってやって、学校《がっこう》へいって、かえってきて、また顔《かお》を洗《あら》ってやって、くつ下《した》をかがって、フレディ・パーキンスのズボンにつぎをあてて（かれはズボンをやぶかぬ日《ひ》とてなし）、そのひまひまに自分《じぶん》の勉強《べんきょう》をして——そのころにはもうベッドにはいりたくなっていて、社会《しゃかい》とのつながりが欠《か》けているなんて、気《き》がつきもしなかった。けれどみんなでいろいろ話《はな》しあう大学生活《だいがくせいかつ》を二年間《ねんかん》したあとでは、おしゃべりがこいしい。そして、わたしとおなじことばで話《はな》してくれる人《ひと》にあうのがうれしいの。

ほんとに、おじさま、どうやらこれで書《か》きつくした感《かん》じ。いまのところ、ほかは平《へい》おん無事《ぶじ》――こんどはもうすこし長《なが》いのを書《か》くべく努力《どりょく》します。

いつもあなたの　ジュディ

追伸《ついしん》　ことしはレタスが不作《ふさく》。夏《なつ》のはじめに、雨《あめ》がすくなすぎたんです。

八月《がつ》二十五日《にち》

さて、おじさま、ジャーヴィーぼっちゃん到着《とうちゃく》。とてもとてもたのしい！　すくなくともわたしは。かれもそうだと思《おも》う――もう十日《か》もいるのに、腰《こし》をあげそうなけはいはまったくなし。センプルさんの奥《おく》さんが、この大《だい》の男《おとこ》をあまやかすことったら、ていさいがわるいほど。あかんぼうのときもこんなにしてたんだったら、どうしていまみたいにりっぱに成人《せいじん》したのかわからない。

ジャーヴィーぼっちゃんとわたしは、横手《よこて》のポーチにしつらえられた小《ちい》さなテーブルで食事《しょくじ》をします。ときには木《き》の下《した》ですることもあるし、またときには――雨《あめ》だったり、寒《さむ》かったりすると――最上《さいじょう》の客間《きゃくま》で。かれは食事《しょくじ》したい場所《ばしょ》を気《き》ままにきめてしまい、キャリーがテーブルをかかえてそのあとをおっかけるの。それがひどくてまがかかって、お皿《さら》をうんと遠《とお》くまで運《はこ》ばなければならなかったりすると、かの女《じょ》は砂糖《さとう》つぼの下《した》に一ドル見《み》つけるという寸法《すんぽう》。

ちょっと見《み》ただけではそうは思《おも》えないでしょうけど、かれはつきあってみるとておもしろい人《ひと》。第一《だい》印象《いんしょう》は、まったくペンドルトンふうですが、ほんとはぜんぜんちがうの。それこそ最高《さいこう》にさっぱりしてて、気《き》どらなくて、やさしくて——男《おとこ》の人《ひと》を形容《けいよう》するにはみょうないいかたみたいだけど、でもほんと。このへんのお百姓《ひゃくしょう》さんにも、すごくよくなさいます。男《おとこ》と男《おとこ》のつきあいだっていうふうなので、かれらもすぐうちとけてしまうんです。はじめはすごくうさんくさそうだった、かれのみなりが気《き》にいらなかったんです！

そういえばたしかにあの服装《ふくそう》はしょうしょうおどろき、ニッカーボッカーをはいたり、ひだのあるジャケツや、白《しろ》いフランネルを着《き》たり、ふくらんだズボンの乗馬服《じょうばふく》を着《き》たりするの。ちがう服《ふく》を着《き》ておりてくるたんびに、センプルさんの奥《おく》さんは、ほこらしげに顔《かお》をかがやかせてぐるぐるまわりを歩《ある》きまわり、あらゆる角度《かくど》からしげしげと見《み》て、すわる場所《ばしょ》に気《き》をつけるようにとやかましくいいます。ごみをつけやしないかと大心配《だいしんぱい》なんです。かれはうんざりで、いつもこういいます。

「さあさあリジー、自分《じぶん》のしごとをしたした。もうぼくのボスにはなれないぜ、おとなになっちまったからね。」

考《かんが》えるだけでおかしいわ。あのりっぱな、大《おお》きな、あしなが男《おとこ》（あなたとおなじくらいあしながなのよ、おじさま。）が、センプルさんの奥《おく》さんのひざにだっこされたり、顔《かお》を洗《あら》ってもらったりしてたなんて。奥《おく》さんのひざを見《み》たらなおのことおかしい！　いまではひざは二重《じゅう》、あごは三重《じゅう》なんだもの。けれど、かれの話《はなし》によると、昔《むかし》はほっそりしてしなやかではしっこくて、かれよりはやく走《はし》れたそうです。いっぱい冒険《ぼうけん》してます！　いなかを何《なん》キロも探検《たんけん》したし、羽根《はね》でつくったみょうな小《ちい》さい蚊針《かばり》で、つりすることもおそわりました。ライフルやピストルのうちかたも。それから乗馬《じょうば》――よぼよぼグローヴは、びっくりするくらい元気《げんき》。カラスムギばかり三日間《かかんた》食べさせたら、子牛《こうし》にびっくりして、わたしをのせたまま暴走《ぼうそう》するところでした。

水曜日《すいようび》

月曜日《げつようび》の午後《ごご》、スカイ・ヒルにのぼりました。近《ちか》くの山《やま》で、高山《こうざん》じゃないでしょうが――頂上《ちょうじょう》に雪《ゆき》はありません――すくなくとも、頂上《ちょうじょう》にたどりつくころには、そうとう息《いき》ぎれがします。すそのほうは森《もり》でしたが、頂上《ちょうじょう》は岩《いわ》がごろごろしてる広《ひろ》い荒《あ》れ地《ち》。日没《にちぼつ》を見《み》るためずっとそこにいて、それから火《ひ》をおこして、夕食《ゆうしょく》をつくりました。ジャーヴィーぼっちゃんがお料理係《りょうりがかり》、自分《じぶん》のほうがわたしよりうまいといって――ほんとにそのとおり、キャンプになれているからです。それからわたしたちは月《つき》の光《ひかり》と、そしてまっ暗《くら》な森《もり》の小道《こみち》にさしかかったときには、かれがポケットにいれてきた懐中電灯《かいちゅうでんとう》の光《ひかり》をたよりに、山《やま》をおりました。おもしろかったあ！　かれはずっとわらったり、じょうだんをいったりしっぱなし、それにいろんなおもしろい話《はなし》も。わたしの読《よ》んだことのある本《ほん》はもちろんのこと、ほかにもいっぱい本《ほん》を読《よ》んでるの。いろいろな分野《ぶんや》のことをよく知《し》ってらっしゃるのにはおどろきました。

けさは遠足《えんそく》にでかけて、あらしにあいました。家《いえ》へつくまでにはぬれねずみ――でも、精神《せいしん》のほうはしめりもしなかったわ。ポタポタしずくをたらしながらわたしたちが台所《だいどころ》へはいっていったときの、センプルさんの奥《おく》さんの顔《かお》を見《み》せたかった。

「まあ、ジャーヴィーぼっちゃん、ジュディさん！　ぐしょぬれじゃありませんか。あらあら、どうしましょう。新調《しんちょう》のすてきなコートがだいなし。」

おかしいったらないの。わたしたちは十くらいの子《こ》ども、かの女《じょ》はとほうにくれた母親《ははおや》というところ。ちょっとのあいだ、お茶《ちゃ》のときに罰《ばつ》としてジャムをもらえないいんじゃないかと心配《しんぱい》しました。

この手紙《てがみ》、大昔《おおむかし》に書《か》きだしたんだけど、書《か》きあげるひまが一秒《びょう》だってなかったの。

これはスティヴンスンのうけうりですけど、美《うつく》しい考《かんが》えかたですね。

世界《せかい》はこんなにもおおくのものでいっぱいだ
わたしたちがみな王《おう》のようにしあわせであるべきなのはたしかなことだ

ほんとにそうよ。世界《せかい》はしあわせでいっぱい、目《め》の前《まえ》のしあわせをすすんで手《て》にとる気《き》にさえなれば、だれにでもゆきわたるだけたくさんあるんです。その秘訣《ひけつ》は、心《こころ》のしなやかさにあります。いなかではことに、たのしいことがありあまってます。だれの土地《とち》だって歩《ある》きまわれるし、だれのけしきだってながめられるし、だれの小川《おがわ》の水《みず》だってパチャパチャはねかせるし、まるで自分《じぶん》がその土地《とち》をもってるかのようにたのしめるんです――おまけに税金《ぜいきん》なんて一文《いちもん》も払《はら》わずに。

＊　＊　＊

ただいま、日曜日《にちようび》の夜《よる》、十一時《じ》ごろ、もう白河夜舟《しらかわよふね》のはずなのに、夕食《ゆうしょく》にブラック・コーヒーを飲《の》んだので――美容《びよう》のための睡眠《すいみん》がとれないってわけ！

けさ、センプルさんの奥《おく》さんは、ミスター・ペンドルトンに、だんことした口調《くちょう》でいいました。

「十一時《じ》に教会《きょうかい》へつくには、十時《じ》十五分《ふん》にここをでなくちゃなりません。」

「いいともリジー、馬車《ばしゃ》のしたくをして、ぼくの着《き》がえがまだだったら、待《ま》たずにいっていいよ。」とジャーヴィーぼっちゃん。

「お待《ま》ちします。」とかの女《じょ》。

「ご自由《じゆう》に、ただあんまり長《なが》く馬《うま》を立《た》ちんぼにさせておかないでくれよ。」

それから、かの女《じょ》が着《き》がえをしてるあいだに、かれはキャリーにいっておべんとうをつつませ、わたしにはいそいで散歩服《さんぽふく》をひっかけてくるようにいいました。そしてふたりでこっそり裏道《うらみち》からぬけだして、つりにいっちゃったの。

それでうちじゅうが大迷惑《おおめいわく》、というのはロックウイローでは、日曜日《にちようび》には二時《じ》に正餐《ディナー》をとるんです。ところがかれは七時《じ》にするようにいいつけ――いつでも自分勝手《じぶんかって》なときにいいつけるの。まるでレストランあつかい――そこでアマサイとキャリーは、ドライヴにゆくのがおじゃん。でもかれはそれはなによりだ、つきそいもなしでドライヴにゆくなんてほめたことじゃないんだからなんていうの。いずれにせよ、わたしをドライヴにつれてゆくのに、自分《じぶん》こそ馬《うま》がほしかったんです。なんともへんな話《はなし》でしょう?

　そしてかわいそうなセンプルさんの奥《おく》さんは、日曜日《にちようび》につりにゆくなんて人《ひと》は、死《し》んでからジュージュー焼《や》けてる焦熱地獄《しょうねつじごく》におちるものと信《しん》じこんでるんです!

　かれがまだ小《ちい》さくて、自分《じぶん》じゃなにもできなくて、どうにでもしつける機会《きかい》のあったころに、もっとよくしつけておかなかったことをかの女《じょ》はひどく気《き》に病《や》んでるわ。おまけに――教会《きょうかい》で、ジャーヴィーぼっちゃんを見《み》せびらかしたかったんです。

　とにかく、わたしたちはつりをして(かれは小《ちい》さなのを四ひきつりあげました。)キャンプファイアで料理《りょうり》して、おひるにしました。串《くし》から火《ひ》のなかへおちてばかりいたので、すこし灰《はい》っぽかったけど、食《た》べちゃった。四時《じ》に帰宅《きたく》、五時《じ》にドライヴにでかけ、七時《じ》に正餐《ディナー》、そして十時《じ》にわたしはベッドにおいやられて――で、こうしてお手紙《てがみ》を書《か》いてます。

　だけど、すこし眠《ねむ》くなってきた。

おやすみ。

わたしがつりあげたただ一ぴきのおさかながこれ。

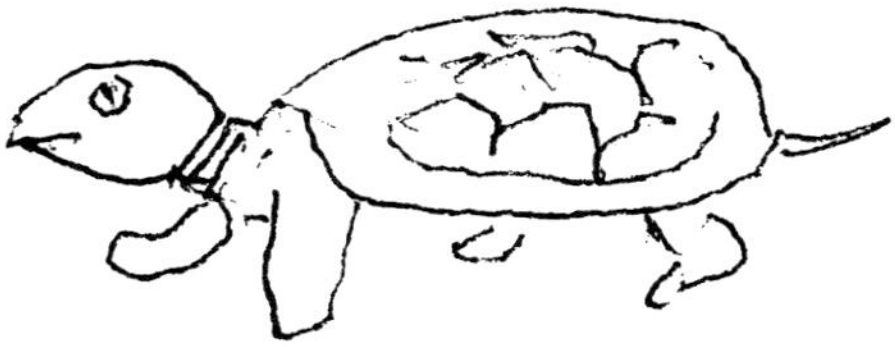

その船《ふね》やあい、あしなが船長《せんちょう》！

とまれえ！　もやえやあい！　えんやらほい、それラム酒《しゅ》が一本《ぽん》。なにを読《よ》んでるところか、あててごらんなさい。この二日間《かかん》、わたしたちの会話《かいわ》は、海《うみ》のことに海賊《かいぞく》のこと。「宝島《たからじま》」っておもしろいわねえ。読《よ》んだことある、それともあなたが子《こ》どものころはまだ書《か》かれてなかった？　スティヴンスンはこのつづきものの版権《はんけん》としてたった三十ポンドもらっただけ――大作家《だいさっか》ってのもわりにあわないものですね。学校《がっこう》の先生《せんせい》になろうかな。

どの手紙《てがみ》もスティヴンスンのことばっかりでごめんなさい。いまのところ、わたしの頭《あたま》はスティヴンスンでいっぱい、ロックウイローの図書室《としょしつ》はかれのもの。

この手紙《てがみ》、もう二週間《しゅうかん》も書《か》きつづけ。そろそろやめてもいいころだと思《おも》う。こまかいことが書《か》いてないなどとは、おじさま、かりにもいいたもうな。あなたもここにいらっしゃればと思《おも》います、みんなでいっしょにすてきにゆかいにやれるでしょう。自分《じぶん》のいろんな友《とも》だちが、たがいに知《し》りあってくれるのがわたしはすき。

ペンドルトンさんに、ニューヨークであなたとお知《し》り合《あ》いかどうかきいてみたかった――きっとごぞんじと思《おも》います。おなじ上流社会《じょうりゅうしゃかい》にでいりしてらっしゃるにちがいないし、おふたりとも、社会改革《しゃかいかいかく》とかそんなことに興味《きょうみ》をおもちだし――だけどきけませんでした、あなたのほんとうの名《な》まえを知《し》らないんですもの。

わたしがあなたの名《な》まえを知《し》らないなんて、こんなばかげたことって聞《き》いたことがありません。ミセス・

CARTERS VEGETABLE SEEDS
CARTERS GRASS SEEDS

リペットはあなたがかわり者《もの》だって注意《ちゅうい》してくれました。そのとおりだと思《おも》う！

愛情《あいじょう》をこめて　　ジュディ

追伸《ついしん》　読《よ》みかえしてみて、スティヴンスンのことばかりではないことを発見《はっけん》。ジャーヴィーぼっちゃんのことも、ちらほらとでてくるわね。

九月《がつ》十日《か》

おじさま

かれはいってしまいました。みんなさびしがってます！　人間《にんげん》でも、場所《ばしょ》でも、生活《せいかつ》のしかたでも、なじんでいたものをきゅうにひったくられたら、すごくうつろで、じわじわとおかされるような感《かん》じがのこるものです。センプルさんの奥《おく》さんのおしゃべりが、味《あじ》もそっけもないもののよう。

あと二週間《しゅうかん》で大学《カレッジ》がはじまります。また勉強《べんきょう》にもどるのがうれしい。でもこの夏《なつ》はしごとはずいぶんしました――短編《たんぺん》六つに詩《し》が七つ。雑誌社《ざっししゃ》へおくったのはひとつのこらず、きわめて礼儀正《れいぎただ》しいスピードでおくりかえされてきました。でも気《き》にしません。いい練習《れんしゅう》ですもの。

ジャーヴィーぼっちゃんが読《よ》んで――郵便受《ゆうびんう》けからもってきたのはかれなの、かくしようがなかった――ひどいものだとのたまいました。なにを書《か》いてるのか、自分《じぶん》でもさっぱりわかっちゃいないということが、どの作品《さくひん》にもありありとうかがえるそうです（ジャーヴィーぼっちゃんは、真実《しんじつ》を語《かた》るのに、礼儀《れいぎ》なんてことにかまけたりはしません）。けれど、さいごの一編《ぺん》は——大学生活《だいがくせいかつ》のほんのちょっとしたスケッチ——わるくないといって、自分《じぶん》でタイプにうたせてくださったので、わたしはある雑誌社《ざっししゃ》へおくりました。もう二週間《しゅうかん》になります、考慮中《こうりょちゅう》ってとこかもしれない。

この空《そら》！　見《み》せてあげたい。とてもふしぎなオレンジ色《いろ》の光《ひかり》が、あらゆるものをそめています。あらしになるのでしょう。

＊　＊　＊

と、そこまで書《か》いたとたん、はじまりました。ものすごい大《おお》つぶの雨《あめ》と、バタンバタンと風《かぜ》にあおられるよろい戸《ど》。わたしは窓《まど》をしめに走《はし》ってゆき、キャリーは雨《あま》もりするところへおくために、ミルクなべをうでにいっぱいかかえこんで、屋根裏《やねうら》へとんでゆきました——そして、ペンをとりあげて書《か》きつづけようとしたひょうしに、果樹園《かじゅえん》の木《き》の下《した》に、クッションと毛布《もうふ》と帽子《ぼうし》とマシュー・アーノルドの詩集《ししゅう》をおいてきたのを思《おも》いだし、大《おお》あわてでとりにいったんだけど、なにもかもびしょびしょ。詩集《ししゅう》の表紙《ひょうし》の赤《あか》が内側《うちがわ》にしみだしてしまいました。「ドーヴァーの岸《きし》べ」は、これからはピンクの波《なみ》に洗《あら》われることでしょう。

いなかでは、あらしがくるとたいへん。外《そと》にだしてあって、だめになるいろんなもののことを、いつも念頭《ねんとう》においておかねばなりません。

火曜日《かようび》

おじさま！　おじさま！　なんだと思《おも》う？　たったいま、郵便屋《ゆうびんや》さんが手紙《てがみ》を二通《つう》もってきてくれました。
第《だい》一——わたしの小説《しょうせつ》が採用《さいよう》されました。五十ドル。さてさて！　わたしも作家《さっか》の仲間《なかま》いり。
第《だい》二——大学《カレッジ》の庶務《しょむ》からの手紙《てがみ》。わたしはこんご二年間《ねんかん》、寮費《りょうひ》と授業料《じゅぎょうりょう》にあたるだけの奨学金《しょうがくきん》をうけることになりました。これは「国語《こくご》の成績抜群《せいせきばつぐん》にしてかつ、ほかの課目《かもく》においても成績良好《せいせきりょうこう》なる者《もの》」のためにもうけられているんです。そしてそれをわたしが獲得《かくとく》したんです！

こっちへくるまえにもうしこみはしておいたのですが、もらえるとは思《おも》ってもいませんでした。一年《ねん》のときの数学《すうがく》とラテン語《ご》がわるかったんだもの。でもどうやらそのうめあわせができていたようです。すごくうれしい。おじさま、だってこれからはそんなに負担《ふたん》をかけずにすむから。まい月《つき》のおこづかいだけでじゅうぶんだし、それも書《か》くとか、家庭教師《かていきょうし》をするとか、そんなことで、自分《じぶん》でかせげるかもしれないわ。

はやくかえって、勉強《べんきょう》がはじめたくてたまらない。

いつまでもあなたの　　ジルーシャ・アボット

「二年生《ねんせい》が競技《きょうぎ》に勝《か》ったとき」の著者《ちょしゃ》。
全国各地《ぜんこくかくち》の新聞雑誌店《しんぶんざっしてん》にて発売中《はつばいちゅう》。定価《ていか》十セント。

わたしはきれい

――大学《だいがく》三年生時代《ねんせいじだい》の手紙《てがみ》――

九月《がつ》二十六日《にち》

あしながおじさん

また大学《カレッジ》へかえってきました、もう上級生《じょうきゅうせい》。わたしたちの勉強《べんきょう》べやは、ことしはこのうえなし――南《みなみ》むきで、大《おお》きな窓《まど》が二つあって――それにああ！　かざりつけのすごいこと。無限《むげん》のおこづかいをもってるジュリアが、二日《か》まえに到着《とうちゃく》していて、室内装飾熱《しつないそうしょくねつ》にうかされてたんです。

新《あたら》しい壁紙《かべがみ》に、東洋《とうよう》ふうのじゅうたんに、マホガニーのいす――去年《きょねん》はそれでもじゅうぶんわたしたちをしあわせにしたあのまがいのマホガニーじゃなく、ほんもの。すごく豪勢《ごうせい》ですが、どうもしっくりするとは思《おも》えない。とんでもないところにインクのしみでもつけやしないかとしょっちゅうはらはらしてる。

それから、おじさま、あなたのお手紙《てがみ》――失礼《しつれい》、あなたの秘書《ひしょ》のという意味《いみ》――が待《ま》ってました。

なぜわたしがあの奨学金《しょうがくきん》をうけてはいけないのか、納得《なっとく》のいくような理由《りゆう》を、お知《し》らせいただけませんでしょうか。どうして反対《はんたい》なさるのか、ちっともわかりません。けれどどっちみち、反対《はんたい》なさってもな

ん の役《やく》にもたたないわ、もうとっくに奨学金《しょうがくきん》はうけてしまってるから——そして考《かんが》えなおす気《き》もありません。なんだかちょっとなまいきみたいですけど、そんなつもりじゃないんです。

おそらくあなたは、わたしの教育《きょういく》にとりかかったいじょう、さいごまでやりとおし、おわりは卒業《そつぎょう》証書《しょうしょ》というかたちできちんとけりをつけたいというお気持《きも》ちなのでしょう。

けれど、ほんの一秒《びょう》でもわたしの身《み》になってみてください。あなたに学資《がくし》をぜんぶだしていただこうが、いただくまいが、わたしのうけるご恩《おん》にかわりはありません。ただわたしはあんまりたくさん借金《しゃっきん》をつくりたくないだけ。あなたがわたしにお金《かね》をかえさせたくないのはしょうちしてますけれど、それでもわたしのほうは、もしできたら、あなたにお金《かね》をかえしたい。そしてこの奨学金《しょうがくきん》をうければ、それがうんとらくになります。一生《いっしょう》のあいだ、借金《しゃっきん》をはらって暮《く》らすかくごだったんだけど、これで半生《はんしょう》のあいだですむことになりそう。

わたしの立場《たちば》をわかってくださるかしら、おこらずにいてくださるかしら。おこづかいのほうは、いままでどおりありがたくいただくことにします。ジュリアと、ジュリアの家具相応《かぐそうおう》の生活《せいかつ》をするには、ちょっとしたおこづかいを必要《ひつよう》とするわ! かの女《じょ》がもっと簡素《かんそ》な趣味《しゅみ》をもつようにそだてられたか、でなければ、わたしと同室《どうしつ》でなければよかったのに。

これは手紙《てがみ》というほどのものじゃありません、はじめはもっといろいろ書《か》くつもりだったんだけど——窓《まど》のカーテン四枚《まい》と、入《い》り口《ぐち》のたれ幕《まく》三枚《まい》のふちぬいをしたり（このあらい針目《はりめ》がおじさまに見《み》えなくてさいわい）、歯《は》みがき粉《こ》で、しんちゅうのデスクセットをみがいたり（とても骨《ほね》のおれるしごと）、マニキュアのはさみで、がくぶちをつる針金《はりがね》を切《き》ったり、本《ほん》をつめた箱《はこ》を四つあけ、二つのトランクにぎっしりつまった服《ふく》をかたづけたり（ジルーシャ・アボットが、二つのトランクにいっぱいの服《ふく》をもってるなんて信《しん》じられないみたいだけど、じじつもってるの！）、そしてそのあいまあいまに、かえってきたなつかしい五十人《にん》の友《とも》だちを歓迎《かんげい》したりしていたんですもの。

学校《がっこう》のはじまる日《ひ》って、ほんとにたのしい！

おやすみなさい、おじさま。あなたのひよこが自分《じぶん》で餌《えさ》をあさりたがってるからって、いらいらしないでね。ひよこはたいへんはりきった小《ちい》さなめんどりに成長《せいちょう》しつつあります――なきごえはとてもはっきりしたものだし、きれいな羽根《はね》だっていっぱい（みんなあなたのおかげ）。

愛情《あいじょう》をこめて　　　ジュディ

九月《がつ》三十日《にち》

おじさま

奨学金《しょうがくきん》のこと、まだぐずぐずいってらっしゃるの？　あなたみたいに強情《ごうじょう》で、がんこで、わからずやで、しつこくて、ブルドッグみたいで、他人《たにん》の立場《たちば》の見《み》えない人《ひと》って、見《み》たことないわ。知《し》らない人《ひと》から、恩恵《おんけい》をうけるべきではないとお考《かんが》えになりたいそうですね。

知《し》らない人《ひと》！――じゃ、あなたはいったいなに？

世界《せかい》じゅうで、あなたほどわたしが知《し》らない人《ひと》ってあるかしら？　通《とお》りでおあいしたって、わたしには
あなただってことわかりゃしない。いいですか、もしあなたが、分別《ふんべつ》のある、もののわかったかたで、お
もしろくて、はげましになるような、おとうさんらしい手紙《てがみ》を、かわいいジュディに書《か》いてくださったり、
ときどきはきて、頭《あたま》のひとつもなでてくださったり、こんないいむすめになってうれしいよとでもいっ
てくださったりしていたのなら——たぶんジュディだって、お年《とし》よりのあなたをぶじょくしたりはせず、
つねづねそうなりたいと心《こころ》がけていたような孝行《こうこう》むすめらしく、どんな小《ちい》さなことでもあなたのおのぞ
みどおりにしたことでしょう。
知《し》らない人《ひと》だなんて、まったく！　あなたはたなの上《うえ》に住《す》んでらっしゃるのね、ミスター・スミス。
それに、この奨学金《しょうがくきん》は恩恵《おんけい》ではありません。これはごほうびのようなもの——わたしはいっしょうけ
んめい勉強《べんきょう》して、獲得《かくとく》したんです。もし国語《こくご》がそれだけできる人《ひと》がいなかったら、委員会《いいんかい》は奨学金《しょうがくきん》をだ
しません。年《とし》によってはでないことだってあるんです。それからまた——だけど、男《おとこ》の人《ひと》と議論《ぎろん》してな
んの役《やく》にたつでしょう。ミスター・スミス、あなたもまた論理的観念《ろんりてきかんねん》の欠如《けつじょ》したかの男性《だんせい》のひとりです。
男《おとこ》の人《ひと》を同意《どうい》させるには、二つしか方法《ほうほう》がありません。なだめすかすか、でなければふくれてみせる。
自分《じぶん》ののぞみのために、男《おとこ》のごきげんをとるなんて、わたしはまっぴら、だから、ふくれてみせるより
ないわ。
奨学金《しょうがくきん》をあきらめることは、おことわりさせていただきます。このうえ、まだあなたがとやかくおっ
しゃるのなら、月《つき》づきのおこづかいもご辞退《じたい》もうしあげ、くたくたになるまで頭《あたま》のわるい一年生《ねんせい》の個人《こじん》

教授《きょうじゅ》をして、神経衰弱《しんけいすいじゃく》になる決心《けっしん》です。

これはわたしの最後通牒《さいごつうちょう》！

それから、聞《き》いてください――もうひとつ考《かんが》えてることがあります。わたしがこの奨学金《しょうがくきん》をうけることで、ほかのだれかの教育《きょういく》を横《よこ》どりすることになると、そんなに心配《しんぱい》してらっしゃるのなら、わたし、ひとつぬけ道《みち》を知《し》ってます。わたしのためにつかうはずのお金《かね》を、ジョン・グリーア孤児院《ホーム》のだれかほかの女《おんな》の子《こ》の教育《きょういく》にふりかえられます。名案《めいあん》でしょう？　ただね、おじさま、こんどの女《おんな》の子《こ》は、教育は思《おも》うぞんぶんなさってください。けれどどうか、ほんのちょっぴりでもわたしよりすきになんかならないで。

あなたの秘書《ひしょ》は、手紙《てがみ》でいろいろいってきたことに、わたしがあまり注意《ちゅうい》をはらわなかったからといって、気《き》をわるくしたりはしないことと思《おも》います。だけどたとえわるくしたとしても、しかたがありません。あなたの秘書《ひしょ》はわがままむすこです。これまでかれの気《き》まぐれをおとなしくきいてましたが、こんどばかりは、わたしもだんことしてうごきません。

堅忍不抜《けんにんふばつ》、永久不変《えいきゅうふへん》の決心《けっしん》をもって

ジルーシャ・アボット

十一月《がつ》九日《か》

あしながおじさん

きょう、くつずみひとびん、カラー二、三本《ぼん》、新《あたら》しいブラウスの材料《ざいりょう》、ヴァイオレット・クリームひとびん、カスチール石《せっ》けん一個《こ》――みんなとても必要《ひつよう》なものばかり、ないと一日《にち》だってしあわせになれない――を買《か》いに町《まち》にでかけ、電車賃《でんしゃちん》をはらおうとしたら、さいふがもうひとつのコートのポケットにいれっぱなしだったのに気《き》づきました。おりてつぎの電車《でんしゃ》にしなければならなかったので、体育《たいいく》の時間《じかん》に遅刻《ちこく》。

ものおぼえがわるいくせに、コートを二着《ちゃく》もってるなんて、最低《さいてい》ね！

ジュリア・ペンドルトンが、クリスマス休《やす》みにうちへいらっしゃいと招待《しょうたい》してくれました。ご感想《かんそう》はいかが？　ミスター・スミス、ジョン・グリーア孤児院《ホーム》出身《しゅっしん》のジルーシャ・アボットが富豪《ふごう》のテーブルに列席《れっせき》してるところをご想像《そうぞう》あれ。どうしてジュリアがわたしにきてほしいのかわかりません――近《ちか》ごろひどくわたしにご執心《しゅうしん》のもよう。

ほんというと、サリーのうちへゆくほうがずっといいんだけど、ジュリアのほうがさきによんでくれたので、どこかへゆくとしたら、ウースターじゃなくてニューヨークということにならざるをえません。ペンドルトン家《け》の人《ひと》たちに、いちどきにおめみえするのかと思《おも》うとしょうしょうびくびく、そのうえ服《ふく》だってうんと新調《しんちょう》しなきゃなりません――だからおじさま、おとなしく大学《カレッジ》にのこってるほうがいいという手紙《てがみ》をくださるなら、いつものようにやさしく柔順《じゅうじゅん》に、おのぞみどおりにいたします。

いま、ひまひまに「トマス・ハックスリーの生涯《しょうがい》と書簡《しょかん》」を読《よ》んでます――ひまつぶしにもってこいの、すてきな軽《かる》い読《よ》みもの。アルケオプテリックスって、なんだか知《し》ってる？　鳥《とり》なの。ステレオナサスは？　たしかじゃないんだけど、つばさのあるトカゲとか、歯《は》のある鳥《とり》みたいな、ミッシング・リンクのひとつだと思《おも》います。あ、ちがうちがう、いま、本《ほん》で見《み》たら、中世代《ちゅうせいだい》の哺乳類《ほにゅうるい》だった。

ことしは経済学《けいざいがく》を選択《せんたく》しました——たいへん啓発《けいはつ》される学科《がっか》です。それをおえたら、慈善事業《じぜんじぎょう》と、感化事業《かんかじぎょう》の講義《こうぎ》をとるつもり。そしたら、理事《りじ》さん、わたしは孤児院《こじいん》をいかに運営《うんえい》すべきかちゃんと心得《こころえ》ることになります。もし選挙権《せんきょけん》があったら、わたしはりっぱな投票者《とうひょうしゃ》になると思《おも》わない？　先週《せんしゅう》二十一歳《さい》になりました。こんな正直《しょうじき》で、教育《きょういく》があって、良心的《りょうしんてき》で、知的《ちてき》な市民《しみん》をほっとくなんて、この国《くに》はもったいないことをしますね。

いつもあなたの　　ジュディ

十二月《がつ》七日《か》

あしながおじさん

ジュリア訪問《ほうもん》を許可《きょか》してくださってありがとう——だまってらっしゃるのは、同意《どうい》の意味《いみ》にとらせていただきます。

ここんところ、おつきあいにいそがしくて目《め》がまわりそう！　先週《せんしゅう》、創立記念《そうりつきねん》のダンスがあったの——ことしからはじめて出席《しゅっせき》できるようになったんです。上級生《じょうきゅうせい》だけしかゆるされないの。

わたしはジミー・マクブライドを招待《しようたい》し、サリーはジミーのプリンストン大学《だいがく》でのルームメートを招待《しようたい》しました。この夏《なつ》、マクブライド家《け》の山荘《キャンプ》にきた人《ひと》──赤髪《あかがみ》の、とても感《かん》じのいい人《ひと》──そしてジュリアは、ニューヨークからひとり招待《しようたい》しました。そんなにぴんとはこないけれど、社交的《しやこうてき》には非《ひ》のうちどころなしという人《ひと》。ド・ラ・メーター・チチェスター家《け》と縁《えん》つづきですって。たぶんあなたにとっては、なにか意味《いみ》のあることなんでしょうね、わたしにはさっぱり。

とにかく──お客《きやく》さまたちは金曜日《きんようび》の午後《ごご》、四年生寮《ねんせいりよう》の廊下《ろうか》でのお茶《ちや》にまにあうようにやってきて、それから夕食《ゆうしよく》をしにホテルへかけつけました。ホテルは超満員《ちようまんいん》で、玉突台《たまつきだい》の上《うえ》に列《れつ》をなして眠《ねむ》ったんですって。ジミー・マクブライドいわく、このつぎこの大学《カレツジ》の社交的行事《しやこうてきぎようじ》によばれたら、夏《なつ》、アディロンダックスでつかうテントをひとつかついできて、校庭《こうてい》にはるんだですって。

七時半《じはん》に、お客《きやく》さまは学長主催《がくちようしゆさい》のレセプションとダンスにでるために、もどってきました。わたしたちのもよおしは、開始時間《かいしじかん》がはやいんです！ まえもって男《おとこ》の人《ひと》たちの名《な》まえのカードをぜんぶつくっておいて、ダンスが一曲《きよく》おわるたびに、つぎのパートナーにすぐ見《み》つけてもらえるように、それぞれの名《な》まえの頭文字《かしらもじ》の下《した》にあつまってもらいました。

たとえば、ジミー・マクブライドは、あいてがくるまで「M」の字《じ》の下《した》にしんぼう強《づよ》く立《た》ってるというわけ（すくなくともそうすべきなのに、かれはあっちこっちうろついてばかりいて、「R」や「S」やそのほかいろんな字《じ》とごちゃまぜになってしまうんです）。とても手《て》こずりました。わたしがかれと三回《かい》しかおどらなかったといって、すねるんです。知《し》らない女《おんな》の子《こ》とおどるのは、はずかしいっていうの！

あくる日《ひ》の午前《ごぜん》は、グリークラブのコンサート——この日《ひ》のために作曲《さっきょく》されたへんな新《あたら》しい歌《うた》の作詞《さくし》をしたのはだれだと思《おも》う？　ほんとの話《はなし》。ジュディなの。そうよ、おじさま、あなたのすて子《ご》は、まったくたいした人物《じんぶつ》になりつつあるわ。

とにかく陽気《ようき》な二日間《かかん》、最高《さいこう》におもしろかった、男《おとこ》の人《ひと》たちもたのしんでくれたと思《おも》う。はじめは、一千人《せんにん》の女《おんな》の子《こ》と顔《かお》をつきあわせることを考《かんが》えて、ひどくあがってる人《ひと》もいました。けれどかれらも、すぐになれてしまいました。ふたりのプリンストン大学生《だいがくせい》も、すばらしいときをすごしました——すくなくとも、礼儀正《れいぎただ》しくそういってくれて、来春《らいしゅん》のプリンストンでのダンスにわたしたちを招待《しょうたい》してくれました。わたしたちはおうけしました。だからどうか反対《はんたい》なさらないで、おやさしきおじさま。

ジュリアもサリーもわたしも、みんな新調《しんちょう》のドレスを着《き》ました。どんな洋服《ようふく》かお聞《き》きになりたい？

ジュリアのは金《きん》のししゅうのあるクリーム色《いろ》のサテン、それに紫色《むらさきいろ》のランの花《はな》をつけました。まるで夢《ゆめ》のような美《うつく》しさ、パリ直輸入《ちょくゆにゅう》、おねだんは百万《ひゃくまん》ドル。

サリーのはペルシャししゅうのふちどりのついたうすい青《あお》で、赤《あか》い髪《かみ》にとてもよく似《に》あいました。百万《ひゃくまん》ドルはしませんでしたが、ジュリアのとおなじくらいみごとでした。

わたしのは、うすいピンクのクレープデシンを、生地色《きじいろ》のレースとばらのサテンでふちどりしたもの。それにジミーがおくってくれたまっかなバラをつけました（サリーがどんな色《いろ》にするか、まえもって知《し》らせておいてくれたんです）。そして二人《にん》とも、サテンの舞踏《ぶとう》ぐつとシルク・ストッキングをはき、おなじ色《いろ》のシフォンのスカーフをもちました。

こういう女《おんな》の服装《ふくそう》に関《かん》するこまごましたことに、あなたは深《ふか》い感銘《かんめい》をうけられたにちがいありません。シフォンとか、ヴェネシァン・ポイントとか手《て》ぬいのししゅうとか、アイルランドふうクロシェとかいうことが、かれらにとってはただの無意味《むいみ》な単語《たんご》にすぎないのかと思《おも》うと、おじさま、男《おとこ》ってのはなんて殺風景《さっぷうけい》な生活《せいかつ》をしいられてるのかと考《かんが》えずにいられません。ところが女《おんな》というものは——あかんぼうとか、微生物《びせいぶつ》とか、夫《おっと》とか詩《し》とか召使《めしつか》いとか平行四辺形《へいこうしへんけい》とか、庭《にわ》とか、プラトンとか、ブリッジとかに興味《きょうみ》をもっているいないにかかわらず——原則《げんそく》として、つねに着《き》るものには興味《きょうみ》をもっているものです。世界《せかい》をひとつにむすぶもの、それはちょっとした人間味《にんげんみ》（これは創作《そうさく》にあらず、シェークスピアのある戯曲《ぎきょく》からのいただき）。

それはさておき——さいきん、わたしが発見《はっけん》した秘密《ひみつ》聞《き》きたい？　けれど、うぬぼれてるなんて思《おも》わないって約束《やくそく》する？　じゃ、いうわ。

わたしはきれい。

きれいなの、ほんとに。へやに三つも鏡《かがみ》がありながらそれがわからなかったら、わたしはよっぽどぬけてるんだわ。

ある友《とも》より

追伸《ついしん》　これは小説《しょうせつ》にでてくるような、たちのわるい匿名《とくめい》の手紙《てがみ》。

十二月二十日《がつはつか》

あしながおじさん

ちょっとしかひまがないんです。二つ授業《じゅぎょう》にでて、トランクとスーツケースに荷物《にもつ》をつめて、四時《じ》の汽車《きしゃ》をつかまえなきゃならない――けれど、おくってくださったクリスマス・ボックスがどんなにうれしかったか、ひとこといわないうちはでかけられなかったの。

毛皮《けがわ》も、ネックレスも、リバティ・スカーフも、手《て》ぶくろも、ハンカチも本《ほん》もお金《かね》いれも、みんな大《だい》すき――けれど、なににもましておじさまがいちばんすき。とはいうものの、おじさま、こんなふうにわたしをあまやかすって法《ほう》はありません。わたしだってただの人間《にんげん》――しかも若《わか》いむすめ。こんなこの世《よ》のたのしいもののかずかずでわたしの気持《きも》ちをそらしてしまっては、わき目《め》もふらず学《まな》びの道《みち》にいそしむなどということが、どうしてわたしにできるでしょう？

いまになって、ジョン・グリーアの理事《りじ》のなかのだれがクリスマス・ツリーや、日曜日《にちようび》ごとのアイスクリームをくださったのか、わたしははっきり思《おも》いあたります。その人《ひと》は名《な》まえはださなかったけど、そのやりかたでわたしにはわかるわ！　いいことをいっぱいなさってるんだから、あなたはとうぜんしあわせになるべきかた。

さようなら、たのしいたのしいクリスマスをおむかえください

いつもあなたの

ジュディ

追伸《ついしん》　わたしもおしるしばかりのものをおおくりします。もしジュディと知《し》りあいになったら、かの女《じょ》をすきになってくださるかしら。

一月《がつ》十一日《にち》

市内《しない》からお便《たよ》りするつもりだったのですが、おじさま、ニューヨークってたましいをうばわれるようなところなのね。

おもしろかったし――勉強《べんきょう》にもなりました。だけどあんな家族《かぞく》の一員《いちいん》じゃなくてよかった！　ジョン・グリーア孤児院《ホーム》出身《しゅっしん》のほうがほんとにまだまし。わたしの生《お》いたちにどんなわるいところがあったにしろ、みえをはるってことだけはありませんでした。物質《ぶっしつ》におしひしがれると人《ひと》のいう意味《いみ》が、いままではわたしにもわかります。

あの家《いえ》の物質的《ぶっしつてき》ふんいきは人《ひと》をおしつぶします。かえりの急行列車《きゅうこうれっしゃ》にのるまでは、深呼吸《しんこきゅう》ひとつできなかった。家具《かぐ》はどれもこれも彫刻《ちょうこく》がほどこされ、布《ぬの》ばりされ、豪華《ごうか》そのもの、あう人《ひと》たちといえば美《うつく》しく着《き》かざり、低《ひく》い声《こえ》で話《はな》し、そだちのいい人《ひと》ばかり、けれどほんと、おじさま、あの家《いえ》へついてからかえるまで、心《こころ》からのことばはひとことだって聞《き》かなかったわ。思想《しそう》なんていうものは、いまだかつてあの家《いえ》の敷居《しきい》をまたいだためしがないんでしょうね。

ペンドルトン夫人《ふじん》は、宝石《ほうせき》と洋服屋《ようふくや》とおつきあいの約束《やくそく》いがいのことは、なにも考《かんが》えません。マクブライド夫人《ふじん》とは、ちがった種族《しゅぞく》の母親《ははおや》らしい！　もし結婚《けっこん》して家庭《かてい》をもつとしたら、わたしはできるだけマクブライド家《け》そっくりにするつもり。世界《せかい》じゅうのお金《かね》をみんなつまれても、自分《じぶん》の子《こ》どものひとりだって、ペンドルトン家《け》の人《ひと》みたいにはしないわ。およばれした家《いえ》の人《ひと》たちを批評《ひひょう》するなんて、礼儀《れいぎ》にかなってないのかもしれませんね。そうだったら、ごかんべん。これはあなたとわたしのあいだだけのないしょ話《ばなし》。

ジャーヴィーぼっちゃんには、お茶《ちゃ》にいらしたときにあっただけ、ふたりきりでお話《はな》しするチャンスはありませんでした。がっかり。去年《きょねん》の夏《なつ》はあんなにたのしかったのに。

かれはどうも親《しん》せきがすきじゃないらしい――そして、親《しん》せきのほうは、たしかにかれをすきじゃないんです！　ジュリアのおかあさんは、かれはちょっとおかしいんだといいます。社会主義者《しゃかいしゅぎしゃ》で――ただありがたいことに、髪《かみ》を長《なが》くのばしたり、赤《あか》いネクタイをしたりはしないけど、どこからそんなへんな思想《しそう》をひろってきたのか、想像《そうぞう》もつかないんですって。ペンドルトン家《け》は代《だい》だいイギリス国教《こっきょう》なんです。かれはまたヨットとか、自動車《じどうしゃ》とか、ポロの小馬《こうま》とか、そうしたちゃんとしたものにお金《かね》をつかわずに、いろんなへんてこな改革事業《かいかくじぎょう》にお金《かね》をなげだすんですって。だけど、かれ、そのお金《かね》でキャンディーだって買《か》うわ！　ジュリアとわたしにひと箱《はこ》ずつ、クリスマスにおくってくれました。

あのね、わたしも社会主義者《しゃかいしゅぎしゃ》になりそうです。かまわない？　おじさま。無政府主義者《むせいふしゅぎしゃ》とはぜんぜんちがうのよ、爆弾《ばくだん》でだれかをふっとばすなんて主義《しゅぎ》じゃないわ。たぶん、わたしはとうぜん社会主義者《しゃかいしゅぎしゃ》になるべき人間《にんげん》です。プロレタリアートのひとりですから。まだどんな社会主義《しゃかいしゅぎ》になるかはきめてないの。日曜日《にちようび》によく研究《けんきゅう》したうえで、つぎの手紙《てがみ》でわたしの主義《しゅぎ》を宣言《せんげん》するわ。

劇場《げきじょう》やホテルや美《うつく》しいおやしきをたくさん見《み》ました。わたしの頭《あたま》のなかはしまめのうや、金《きん》メッキやモザイクの床《ゆか》やシュロの木《き》でごちゃごちゃ。まだびっくりしっぱなしだけど、大学《カレッジ》と、それからわたしの本《ほん》のもとにもどってきたのがうれしくて——わたしはしんから学生《がくせい》なんだな、この学究的《がっきゅうてき》なしずかなふんいきのほうが、ニューヨークなんかよりずっとわたしをはりきらせるわ。

大学《カレッジ》にいれば、みちたりた生活《せいかつ》がおくれます。本《ほん》や、勉強《べんきょう》や、規則正《きそくただ》しい授業《じゅぎょう》が、人《ひと》の精神《せいしん》をいきいきさせるし、頭《あたま》がつかれたら、体育館《たいいくかん》もあるし、外《そと》で競技《きょうぎ》もできるし、そのうえいつでも、自分《じぶん》とおなじような話題《わだい》をもってる気《き》のあった友《とも》だちもいっぱいいる。

わたしたちはひと晩《ばん》じゅうなにもしないで、しゃべって——しゃべって——しゃべりぬいて、さながらさしせまった世界《せかい》の問題《もんだい》をいくつか永久《えいきゅう》に解決《かいけつ》したかのように、たからかにベッドにもぐりこむんです。ちょっとでもひまがあれば、いつもばかげたことばっかりして——小《ちい》さなできごとについての、たあいもないじょうだんにすぎませんが——だけど、とても満足《まんぞく》してます。みんな自分《じぶん》で自分《じぶん》のしゃれに感心《かんしん》してるの！

大《おお》きなすばらしい喜《よろこ》びなんかじゃない、いちばんたいせつなのは。ささやかな喜《よろこ》びからうんとたくさん喜《よろこ》びをつくってしまうことこそたいせつ——幸福《こうふく》のほんとうの秘密《ひみつ》をわたしは発見《はっけん》したのよ、おじさま、それは「現在《げんざい》」に生《い》きること。過去《かこ》をくよくよやんだり、未来《みらい》のとりこし苦労《ぐろう》をしたりしないで、

いまのこのしゅんかんからえられるかぎりの最高《さいこう》のものをつかむことです。農業《のうぎょう》みたいなの。粗放農業《そほうのうぎょう》と集約農業《しゅうやくのうぎょう》とあるでしょう、わたしはこんご、集約生活《しゅうやくせいかつ》をします。

わたしは一秒《びょう》一秒《びょう》をたのしみます。たのしんでるあいだは、たのしんでることを意識《いしき》します。たいていの人《ひと》たちは、生《い》きているんじゃなく、競走《きょうそう》してるだけ。はるかかなたの地平線《ちへいせん》にある決勝点《けっしょうてん》にたどりつこうとけんめいです。そしてそこにゆくことに熱中《ねっちゅう》するあまり、息《いき》がきれ、あえぎ、とちゅうの美《うつく》しいしずかな風景《ふうけい》も目《め》にはいらないんです。そしてあげくのはてに知《し》ることは、自分《じぶん》たちが年《とし》をとり、つかれはて、決勝点《けっしょうてん》につこうがつくまいがけっきょくなんのちがいもなかったということ。わたしはたとえ大作家《だいさっか》になれなくとも、道草《みちくさ》をして、小《ちい》さなしあわせをいっぱいつむことにきめました。こんな女哲学者《おんなてつがくしゃ》にあったことある？

いつまでもあなたの　ジュディ

追伸《ついしん》
今夜《こんや》はどしゃぶり。たったいま、子犬《こいぬ》が二ひきに子《こ》ネコが一ぴき、窓《まど》わくに着陸《ちゃくりく》しました。（英語ではどしゃぶりを犬ネコぶりという）

二月《がつ》十一日《にち》

おじさま

短《みじか》いからって、ばかにされたなんて思《おも》わないでくださいね。手紙《てがみ》じゃないの、試験《しけん》がおわったらすぐに手紙《てがみ》を書《か》きますという、ほんのはしりがき。試験《しけん》にパスするだけじゃなく、よい成績《せいせき》でパスする必要《ひつよう》があるんです。奨学金《しょうがくきん》をもらってる身《み》ですからね。

猛勉中《もうべんちゅう》の　J・A

親愛《しんあい》なる同志《どうし》、

ばんざい！　わたしはフェビアン。

これは待《ま》つことを知《し》っている社会主義者《しゃかいしゅぎしゃ》のこと。あしたの朝《あさ》、社会革命《しゃかいかくめい》がおこるなんてことはのぞみません。それじゃ混乱《こんらん》してしまいます。あるていど未来《みらい》に、わたしたちみんなの心《こころ》がまえができて、ショックにたえられるようになってから、きわめてじょじょに革命《かくめい》がくることをのぞんでいるんです。

それまでのあいだ、われわれは産業《さんぎょう》、教育《きょういく》、孤児院《こじいん》などの改革《かいかく》に着手《ちゃくしゅ》しつつ、用意《ようい》をととのえていなければなりません。

同志愛《どうしあい》をこめて　　ジュディ

月曜日《げつようび》　三時間《じかん》め

三月五日《がつかか》

あしながおじさん

今夜《こんや》はカイラー学長《がくちょう》が、現代《げんだい》の若《わか》い世代《せだい》の軽佻浮薄《けいちょうふはく》について講演《こうえん》されました。いまの若《わか》い者《もの》は、昔《むかし》の人《ひと》のようにしんけんに努力《どりょく》し、ほんとうに学問《がくもん》の道《みち》をきわめようとする心《こころ》がけをなくしつつある、そしてこのことは学校当局《がっこうとうきょく》の人《ひと》びとにたいする、わたしたちの無礼《ぶれい》な態度《たいど》にとくにはっきりあらわれているとおっしゃるんです。わたしたちは、もはや目上《めうえ》の人《ひと》にたいしてふさわしい敬意《けいい》を、はらわなくなってきているのだそうです。

しごくまじめな気持《きも》ちになって、礼拝堂《チャペル》からでてきました。

わたし、あんまりなれなれしすぎるかしら? おじさま。もっと上品《じょうひん》に、もっと距離《きょり》をおくべきでしょうか?――そうです、たしかにそうすべきです。やりなおします。

＊　＊　＊

親愛《しんあい》なるスミスさま

二学期《がっき》の試験《しけん》にしゅびよく及第《きゅうだい》いたしました。およろこびいただけることとぞんじます。ただいま新学期《しんがっき》の勉強《べんきょう》をはじめております。化学《かがく》をやめまして――定性分析《ていせいぶんせき》の課程《かてい》を終了《しゅうりょう》いたしましたので――生物学《せいぶつがく》の研究《けんきゅう》にはいるつもりでございますが、いささかためらいも感《かん》じております。ともうしますのは、ミミズやカエルの解剖《かいぼう》をするということがわかったからでございます。

先週《せんしゅう》、礼拝堂《チャペル》で、南《みなみ》フランスにおけるローマの遺跡《いせき》に関《かん》する、きわめて興味深《きょうみぶか》く、かつ有益《ゆうえき》な講義《こうぎ》がございました。この主題《しゅだい》について、これほど啓発《けいはつ》される解説《かいせつ》はこれまで聞《き》いたことがございません。英文学《えいぶんがく》の課程《かてい》に関連《かんれん》して、わたくしたちはただいま、ワーズワースの「ティンターン寺院《じいん》」を読《よ》んでおります。なんという絶妙《ぜつみょう》な作品《さくひん》でございましょう、そしてなんと適切《てきせつ》に、作者《さくしゃ》の汎神論《はんしんろん》の概念《がいねん》があらわされていることでございましょう！　シェリー、バイロン、キーツ、そしてワーズワースのような詩人《しじん》の作品《さくひん》にしめされている、前世紀初期《ぜんせいきしょき》のロマン主義運動《しゅぎうんどう》は、それにさきだつ古典派《こてんは》の時代《じだい》よりもはるかにわたくしの心《こころ》にうったえかけます。詩《し》ともうせば、「ロックスリーホール」とよばれるテニスンの魅力的《みりょくてき》な小品《しょうひん》を、お読《よ》みになったことがおありでしょうか？

近《ちか》ごろは、きわめて規則正《きそくただ》しく体育館《たいいくかん》にでております。学生監制度《がくせいかんせいど》なるものが発明《はつめい》されまして、規則《きそく》違反《いはん》はたいへん不都合《ふつごう》な結果《けつか》をひきおこすのでございます。体育館《たいいくかん》には、昨年度卒業生《さくねんどそつぎょうせい》の寄付《きふ》による、セメントと大理石《だいりせき》のたいそう美《うつく》しいプールの設備《せつび》がございます。ルームメートのマクブライドさんが水着《みずぎ》をくださいましたので（ちぢんでしまって、あのかたにはもうお召《め》しになれないのです）、水泳《すいえい》のけいこをはじめようと思《おも》っております。

昨晩《さくばん》はデザートに、おいしいピンクのアイスクリームをいただきました。食品《しょくひん》の色《いろ》づけには、植物性《しょくぶつせい》の染料《せんりょう》しか用《もち》いられておりません。この大学《カレッジ》では、美感《びかん》と衛生《えいせい》という二つの点《てん》から、アニリン色素使用《しきそしよう》には大反対《だいはんたい》なのでございます。

さいきんの天候《てんこう》は理想的《りそうてき》でございます――うららかな日光《にっこう》と雲《くも》とのあいまには、ときどきたのしい吹雪《ふぶき》もございます。わたくしも友《とも》だちも、教室《きょうしつ》へのいきかえりの散歩《さんぽ》を――とくにかえりの散歩《さんぽ》をたのしんでおります。

ではスミスさま、くれぐれもつねにかわらずおん身《み》おたいせつになさいますよう。

かしこ

ジルーシャ・アボット拝《はい》

四月《がつ》二十四日《か》

おじさま

また春《はる》です！　校庭《キャンパス》がどんなにきれいか、おめにかけたい。いらして、ご自分《じぶん》の目《め》でごらんになればいいのに。ジャーヴィーぼっちゃんは、先週《せんしゅう》の金曜日《きんようび》にまたよってくださいましたよ――だけどよりによっていちばんつごうのわるいとき、サリーとジュリアとわたしは汽車《きしゃ》にまにあうようにかけだそうとしてたところだったの。どこへゆこうとしてたんだと思《おも》う？　プリンストン大学《だいがく》へ、ダンスとボールゲームに、あしからず！　いっていいかどうか、うかがいませんでした。あなたの秘書《ひしょ》がノーっていいそうな気《き》がしたんですもの。

だけど、なにもかもちゃんとやりましたよ。大学《カレッジ》からは休暇《きゅうか》の許可《きょか》をもらったし、ミセス・マクブライドが保護者《ほごしゃ》としてつきそってくださいました。すてきでした――でも、くわしいことははぶきます。いろんなことがいっぱいでごちゃごちゃしてるんだもの。

土曜日《どようび》

未明《みめい》に起床《きしよう》! 夜警《やけい》がわたしたち——総勢《そうぜい》六人《にん》——をおこしてくれました。それからみんなで食卓用《しょくたくよう》のなべでコーヒーをわかし(あんなかすだらけのコーヒーってはじめて!)、それから日《ひ》の出《で》を見《み》に、ワン・ツリー・ヒルの頂上《ちょうじょう》まで三キロ歩《ある》きました。さいごの坂《さか》なんか、はってのぼらなきゃなりませんでした! もうすこしでお日《ひ》さまに負《ま》けてしまうところ! 朝《あさ》ごはんにかえってくるまで、おなかのすいたことさえわすれてたんです!

おやおや、おじさま、きょうはわたしずいぶん絶叫調《ぜつきょうちょう》ね、このページは感嘆符《かんたんふ》をまぶしたみたい。

芽《め》のではじめた木々《きぎ》のこと、運動場《うんどうじょう》にこんどできた走路《そうろ》のこと、あすの生物学《せいぶつがく》のおそろしい授業《じゅぎょう》のこと、湖《みずうみ》にうかんでる新《あたら》しいカヌーのこと、肺炎《はいえん》になったカサリン・プレンティスのこと、プレキシーさんのアンゴラネコが、家《いえ》からまよいでて、ファーガスン寮《りょう》に二週間《しゅうかん》も下宿《げしゅく》してたことが、女中《じょちゅう》さんの報告《ほうこく》ではじめてわかったこと、それにわたしの三着《ちゃく》の新《あたら》しいドレス——白《しろ》いのと、ピンクのと、そろいの帽子《ぼうし》つきの青《あお》い水玉《みずたま》もようのと——のことなど、いっぱい書《か》くつもりだったんだけど、眠《ねむ》くてたまらないの。

しょっちゅう、おなじいいわけばかりね、わたしったら。けれど女子大《じょしだい》っていうのはいそがしいところで、一日《にち》がおわるとくたくたになってしまうんです! とりわけその日《ひ》が夜明《よあ》けまえにはじまったりするとなおさら。

愛《あい》をこめて　ジュディ

五月《がつ》十五日《にち》

あしながおじさん

電車《でんしゃ》に乗《の》ったとき、まっすぐ正面《しょうめん》をむいたきり、ほかの人《ひと》など見《み》むきもしないのが、いいお作法《さほう》なのかしら？

きょう、とても美《うつく》しいビロードのドレスを着《き》たとても美《うつく》しいレディーが電車《でんしゃ》に乗《の》ってきて、十五分間《ふんかん》というもの、まゆひとつうごかさずにじっと腰《こし》かけたまま、ズボンつりの広告《こうこく》をながめてました。まるで自分《じぶん》だけがおえらい人《ひと》みたいに、ほかの人《ひと》たちみんなを無視《むし》するなんて、礼儀正《れいぎただ》しいこととは思《おも》えない。とにかく、自分《じぶん》がずいぶんそんをするわ。その人《ひと》がくだらない広告《こうこく》に夢中《むちゅう》になってるあいだに、わたしは興味《きょうみ》ある人間《にんげん》たちであふれてる車内《しゃない》を、すみからすみまで研究《けんきゅう》してました。

つぎなるさし絵《え》は、ここにはじめて公開《こうかい》されるもの。糸《いと》のはじっこにぶらさがったクモのごとくでありますが、さにあらず、体育館《たいいくかん》のプールで水泳習得中《すいえいしゅうとくちゅう》のわたしの絵《え》なのであります。水泳《すいえい》の先生《せんせい》が、わたしのベルトのうしろの輪《わ》に綱《つな》をむすびつけ、それを天《てん》じょうの滑車《かっしゃ》にとおします。先生《せんせい》の誠実《せいじつ》を信頼《しんらい》しきってる人《ひと》には、じつにうまい方法《ほうほう》。けれどもわたしは先生《せんせい》が綱《つな》をゆるめやしないかとびくびくしっぱなしなので、かたっぽの目《め》で先生《せんせい》のほうをうかがいながら、もうかたっぽの目《め》で泳《およ》ぐんです。こんなふうに注意《ちゅうい》を分散《ぶんさん》させてるのでうまくなりません。そうしなきゃ、うまくなるのに。

　ミス・ジルーシャ・アボットより　ミスター・あしながスミスあての手紙

近《ちか》ごろ、お天気《てんき》がかわりやすい。書《か》きはじめたときは雨《あめ》だったのに、いまはお日《ひ》さまぴかぴか。サリーとテニスをしにいきます――そうすると体育《たいいく》の授業《じゅぎょう》にでなくてすむんです。

一週間後《しゅうかんご》

この手紙《てがみ》、もうとっくに書《か》きあげてなきゃいけないのに、まだぐずぐずしてました。わたしがきちょうめんじゃないからって、おじさま、気《き》にはなさらないわね。あなたにお手紙《てがみ》を書《か》くのは、ほんとにすきなんです。自分《じぶん》にも家族《かぞく》があるっていう、ちゃんとした気持《きも》ちにさせてくれる。いいこと教《おし》えてあげましょうか？　わたしが手紙《てがみ》をあげる人《ひと》は、ほんとはあなただけじゃない。まだほかにふたりもいるの！　この冬《ふゆ》は、ジャーヴィーぼっちゃんからすばらしい長《なが》い手紙《てがみ》を何通《なんつう》もいただいてます（封筒《ふうとう》はタイプでうってあるの、ジュリアに筆跡《ひっせき》がわからないように）。こんなけしからぬ話《はなし》って、聞《き》いたことある？　それから、ほとんどまい週《しゅう》のように、いつも黄色《きいろ》い便《びん》せんに、すごいなぐり書《が》きの手紙《てがみ》がプリンストンからとどきます。どの手紙《てがみ》にも、わたしは事務的《じむてき》にさっさと返事《へんじ》をだしています。ごらんのとおり――わたしも、ほかの女《おんな》の子《こ》たちとそんなにちがわないんですよ――わたしだって、手紙《てがみ》をもらってるわ。

四年生《ねんせい》の演劇《えんげき》クラブのメンバーにえらばれたこと、お知《し》らせしたかしら？　すごくキビシイ組織《そしき》なんです。一千人《せんにん》のなかから、たった七十五人《にん》。言行一致《げんこういっち》の社会主義者《しゃかいしゅぎしゃ》としては、参加《さんか》すべきや否《いな》や？

現在《げんざい》、わたしが社会学《しゃかいがく》で関心《かんしん》をもってるのはどんなことか、見当《けんとう》がつきますか？　論文《ろんぶん》を書《か》いてます

（思《おも》ッテモミヨ！）。このわたしが、「扶養者《ふようしゃ》なき児童《じどう》の保護《ほご》」について。教授《きょうじゅ》がいろんな問題《もんだい》をトランプみたいにきって、でたらめにくばったら、それがわたしにあたったんです。オカシナハナシネ。

夕食《ゆうしょく》の鐘《かね》が鳴《な》ってます。ポストの前《まえ》をとおりがけに、これをいれましょう。

愛情《あいじょう》をこめて　J.

六月《がつ》四日《か》

おじさま

いそがしいのなんの——十日《か》で卒業式《そつぎょうしき》、あすは試験《しけん》、勉強《べんきょう》がいっぱい、荷《に》づくりもいっぱい。おまけに外《そと》の世界《せかい》は、家《いえ》のなかにいるのがしゃくなくらい、きれいときてる。

でもいいわ、もうすぐお休《やす》み。ジュリアはこの夏《なつ》、外国《がいこく》へゆきます——四どめ。たしかにおじさま、富《とみ》は公平《こうへい》に分配《ぶんぱい》されていませんね。サリーはいつものとおり、アディロンダックスゆき。そして、わたしはどうすると思《おも》う？　三どまできいていいわ。ロックウイロー？　ちがう。サリーといっしょにアディロンダックス？　ちがう（あんなこと、もう二どとくりかえしたくない。去年《きょねん》でこりごり）。もうおてあげ？　あんまり頭《あたま》のはたらくほうじゃないのね。教《おし》えてあげる、おじさま、いろいろ文句《もんく》はつけないって約束《やくそく》してくださるなら。まえもって秘書《ひしょ》のかたにも警告《けいこく》しておくけど、わたしの心《こころ》はもうきまってます。

この夏《なつ》はチャールス・パタスン夫人《ふじん》というかたと、海岸《かいがん》へいって暮《く》らします。秋《あき》に大学《カレッジ》へはいるお嬢《じょう》さんの家庭教師《かていきょうし》をするの。マクブライド家の人《ひと》たちを通《つう》じて知《し》りあったんだけど、とても感《かん》じのいいかたです。下《した》のお嬢《じょう》さんにも国語《こくご》とラテン語《ご》を教《おし》えてあげることになってますが、自分《じぶん》の時間《じかん》もすこしはあるでしょうし、月《つき》に五十ドルもかせげるの！　まったく法外《ほうがい》な金額《きんがく》だとびっくりなさるでしょうね！　でもむこうからおっしゃったの。わたしだったら二十五ドルいじょう要求《ようきゅう》するとしたら、顔《かお》が赤《あか》くなってしまったことでしょう。

九月《がつ》のはじめに、マグノリア（パタスン夫人《ふじん》の住《す》んでるところ）をひきあげて、のこりの三週間《しゅうかん》はたぶんロックウイローですごします――センプルさん夫婦《ふうふ》や、なかよしの動物《どうぶつ》たちにまたあいたいんです。

このプログラム、どうお思《おも》いになる？　おじさま。だんだん、ひとりだちができるようになってきてるでしょう。あなたが立《た》たせてくださったんです、そして、いまでは、ほとんどひとりで歩《ある》けそうな気《き》がします。

プリンストン大学《だいがく》の卒業式《そつぎょうしき》と、わたしたちの試験《しけん》が、ちょうどかちあってしまいました――大打撃《だいだげき》です。サリーとわたしはそれにまにあうように、ここを出発《しゅっぱつ》するつもりでしたが、もちろんぜんぜん不可能《ふかのう》。

さようなら、おじさま。たのしい夏《なつ》をすごして、秋《あき》にはまた一年間《ねんかん》の勉強《べんきょう》にそなえて、たっぷり休《やす》んでおかえりください（ほんとならこれはあなたがわたしに書《か》きおくってくださるべき文句《もんく》です！）。夏《なつ》にはなにをなさるのか、どんなふうにたのしんでらっしゃるのか、わたしには見当《けんとう》もつきません。あなたのまわりのものを、心《こころ》にえがくことができない。ゴルフをなさる？　狩《か》りは？　乗馬《じょうば》は？　それともただ日《ひ》なたにすわって、瞑想《めいそう》するだけ？

ともあれ、お元気《げんき》で、ジュディをおわすれなく。

六月《がつ》十日《か》

おじさま

こんなに書《か》きにくい手紙《てがみ》を書《か》くのははじめてです。けれどとるべき道《みち》はもうきまっています。ひきかえしたりはしません。この夏《なつ》、わたしをヨーロッパにやりたいとおっしゃってくださるなんて、ほんとにやさしい、寛大《かんだい》な、いいかた——ちょっとのあいだは、わたしもうっとりしてしまいました。でも、われにかえってよく考《かんが》えてみると、おことわりしなければなりません。大学《カレッジ》のためにくださるお金《かね》をおことわりしながら、そのかわりにそれをただのたのしみのためにつかってしまうとしたら、しょうしょうりくつにあわないようです！　あんまりわたしをぜいたくになれさせてはいけませんよ。人間《にんげん》てものは、もともともったことのないものはなくたって平気《へいき》なものです。ところが、いったんそれが、生《う》まれつきの権利《けんり》としてかれの——かの女《じょ》の（英語《えいご》にはもうひとつ代名詞《だいめいし》が必要《ひつよう》ね）ものであると考《かんが》えはじめたらさいご、それからはそういうものなしでやってゆくことがとてもむずかしくなるものです。サリーやジュリアと暮《く》らすのは、わたしの禁欲主義《きんよくしゅぎ》にとっては、たいへんな重荷《おもに》です。ふたりともあかんぼうのときから、いろんなものをもってます。幸福《こうふく》をあたりまえのことのようにうけいれてます。世《よ》のなかは、自分《じぶん》たちに借《か》りがあって、ほしいものはなんでもくれるものと考《かんが》えてるんです。そうかもしれません――とにかく、世《よ》のなかはその借《か》りをみとめて、きちんきちんと払《はら》ってるみたいに見《み》えます。だけどわたしはどうでしょう。わたしには世《よ》のなかはなんの借《か》りもない。わたしははじめっからきっぱりそういいわたされているんです。信用借《しんようが》りする権利《けんり》などありません、いまに世《よ》のなかのほうでわたしの要求《ようきゅう》を否認《ひにん》するときがくるでしょうから。

なんだかたとえの海《うみ》のなかでじたばたしてるみたい――でも、わたしのいおうとしてること、つかんでいただけたでしょうね？　とにかく、この夏《なつ》は家庭教師《かていきょうし》をして自活《じかつ》しはじめるのが、自分《じぶん》にとってただひとつの正《ただ》しい道《みち》だと、わたしは強《つよ》く感《かん》じています。

＊　＊　＊

マグノリア　四日後《かご》

ちょうどここまで書《か》いたとき――なにがおこったと思《おも》いますか？　女中《じょちゅう》がジャーヴィーぼっちゃんの名刺《めいし》をもってはいってきたの。かれもこの夏《なつ》、外国《がいこく》へゆくんです。ジュリアや、ジュリアの家族《かぞく》といっしょにじゃなく、まったくひとりきりで。

若《わか》いむすめたちのグループのかんとくについてゆくあるレディーといっしょに、ヨーロッパへゆくようにあなたがすすめてくださったことをお話《はな》ししました。かれはあなたのこと知《し》ってるんですよ、おじさま。つまり、わたしの父《ちち》と母《はは》は死《し》んでしまって、あるやさしい紳士《しんし》がわたしを大学《カレッジ》へやってくださっているということを知《し》ってるって意味《いみ》。ジョン・グリーア孤児院《ホーム》や、そのほかのことをうちあける勇気《ゆうき》は、とてもありませんでした。あなたのことはわたしの後見人《こうけんにん》で、古《ふる》くからわたしの家族《かぞく》と親《した》しいちゃんとしたかただって思《おも》っているの。あなたとおあいしたことがないなんて、わたしぜったいいわなかった――あんまりへんに思《おも》われそうなんだもの！

とにかく、かれはわたしにヨーロッパへゆけっていってきかないんです。わたしの教育《きょういく》の一課目《かもく》として必要《ひつよう》だ。ことわるなんて考《かんが》えてはいけないって。それにまた、おなじころパリにいるだろうから、ときどきかんとくさんからにげだして、すてきな、たのしいパリのレストランでいっしょに食事《しょくじ》をしようですって。

たしかに、おじさま、これはゆうわく的《てき》でした。もうちょっとで負《ま》けるところ。もしかれが、あんなふうに頭《あたま》ごなしにいわなかったら、ほんとに負《ま》けてしまっていたかもしれない。わたしは一歩《ぽ》一歩《ぽ》おびきよせられることはあっても、無理《むり》おしはきかないたちなんです。かれはわたしのことを、ばかで、まぬけで、わからずやで、ドン・キホーテ式理想家《しきりそうか》で、白痴的《はくちてき》で、強情《ごうじょう》っぱりな子《こ》どもだっていいました（これはかれのつかった口《くち》ぎたない形容詞《けいようし》のほんの一部《いちぶ》。あとはわすれた）。そして、自分《じぶん》で自分《じぶん》のためになることがわかってないんだから、年上《としうえ》の人間《にんげん》の判断《はんだん》にまかせるべきだとも。もうすこしでけんかになるところ――もうほんとにけんかだったのかもしれないわ！

ともあれ、さっさとトランクにものをつめこんで、ここへきてしまいました。あなたへの手紙《てがみ》を書《か》きおえるまえに、背水《はいすい》の陣《じん》をしいたほうがいいと思《おも》ったんです。もう橋《はし》はもえて灰《はい》になってしまいましたから、あともどりはできません。

わたしはもう、こうしてクリフトップ（パタスン夫人《ふじん》の別荘《べっそう》の名《な》）にいて、荷物《にもつ》もといたし、フローレンス（小《ちい》さいほうのお嬢《じょう》さん）はすでに、第《だい》一種語尾変化《しゅごびへんか》の名詞《めいし》ととっくんでます。まったくたいしたとっくみあいになりそう！　お話《はなし》にもならないほどのあまやかされっ子《こ》で、まず勉強《べんきょう》のしかたからして教《おし》えこまなきゃならないでしょう——なにしろ生《う》まれてこのかた、アイスクリーム・ソーダよりもむずかしいことには、頭《あたま》を集中《しゅうちゅう》させたことがないんですから。

がけっぷちのしずかなすみっこを、勉強《べんきょう》べやにしてます——パタスン夫人《ふじん》が、子《こ》どもたちを戸外《こがい》におきたいとおのぞみなのです——でも、青《あお》い海《うみ》と、走《はし》りすぎる船《ふね》を目《め》の前《まえ》にしては、わたしのほうこそ気《き》を散《ち》らさぬようにするのがむずかしい始末《しまつ》！　とくに、わたしもあの船《ふね》のどれかにのって、外国《がいこく》へむかって航海《こうかい》してたかもしれないのにと思《おも》うと——だめだめ、ラテン語《ご》の文法《ぶんぽう》のほかはなにも考《かんが》えちゃだめ。

前置詞《ぜんちし》 a または ab, absque, coram, cum, de e
または ex, prae, pro, sine, tenus, in, subter, sub
および super は、奪格《だっかく》を支配《しはい》す。

このとおり、おじさま、ゆうわくからあくまで目《め》をそらして、わたしはとっくに勉強《べんきょう》にうちこんでますよ。おこらないでください。お願《ねが》い、親切《しんせつ》を無《む》にしたなどとは考《かんが》えないで。わたしは、いつも、いつも、ありがたく思《おも》っているんです。ご恩《おん》がえしできるただひとつの道《みち》は、ひじょうに有用《ゆうよう》な公民《こうみん》になってみせることです（女《おんな》は公民《こうみん》かしら？　どうもそうじゃなさそうだな）。とにかく、ひじょうに有用《ゆうよう》な人物《じんぶつ》に。そうすればわたしをごらんになって、「あのひじょうに有用《ゆうよう》な人物《じんぶつ》は、わたしが社会《しゃかい》におくりだしたのだ」とおっしゃれます。

かっこよく聞《き》こえますね。おじさま？　でも、思《おも》いちがいなさらないでください。自分《じぶん》にはちっとも人《ひと》なみすぐれたところがないという気持《きも》ちに、わたしはしょっちゅうおそわれるの。世《よ》にでるプランを考《かんが》えるのはたのしいけど、とどのつまり、ほかのありふれた人《ひと》たちとちっともちがいのない人間《にんげん》になりそう。しまいには葬儀屋《そうぎや》さんと結婚《けっこん》して、夫《おっと》のしごとに、内助《ないじょ》の功《こう》をたてるくらいがおちかもしれない。

いつまでもあなたの　　ジュディ

八月《がつ》十九日《にち》

あしながおじさん

わたしの窓《まど》からは、すごくすてきな風景《ふうけい》――海景《かいけい》というべきかな、水《みず》と岩《いわ》ばかりだから――が見《み》はらせます。

夏《なつ》がすぎてゆく。午前中《ごぜんちゅう》はラテン語《ご》と国語《こくご》と代数《だいすう》と、そしてからっぽ頭《あたま》のふたりの生徒《せいと》といっしょにすごします。マリオンはいったいどうやって大学《カレッジ》へはいる気《き》なのか、はいったとしてもどうやってやってゆくつもりか、どうも気《き》がしれません。そしてフローレンスときては、絶望的《ぜつぼうてき》――だけどああ！　なんてきれいな子《こ》でしょう。きれいでさえあれば、頭《あたま》がわるかろうが、よかろうが、関係《かんけい》ないんじゃないかな。けれど、かの女《じょ》たちの会話《かいわ》は、さぞかし夫《おっと》をたいくつさせることだろうと思《おも》わずにいられません、運《うん》よく頭《あたま》のからっぽな夫《おっと》を手《て》にいれればべつだけど。もっともそれはむずかしいことじゃないわ、世《よ》のなかには頭《あたま》のからっぽな男性《だんせい》がうじゃうじゃしてるもの、この夏《なつ》、何人《なんにん》もあったわ。

午後《ごご》はがけの上《うえ》を散歩《さんぽ》したり、もし潮《しお》がよければ泳《およ》いだりします。塩水《しおみず》だと泳《およ》ぐのはてんでかんたん――ほら、教育《きょういく》がさっそく実用《じつよう》に役《やく》だってるでしょ！

パリにいるジャーヴィス・ペンドルトン氏《し》から、手紙《てがみ》がきました。どちらかというと短《みじか》くて、かんたんな手紙《てがみ》。忠告《ちゅうこく》にしたがわなかったので、まだごきげんななめなの。けれどもしまにあうように帰国《きこく》できたら、大学《カレッジ》のはじまるまえにロックウイローで二、三日《にち》あえるだろうし、もしわたしがいい子《こ》で、やさしくて、おとなしかったら、また気《き》にいってもらえる（と、わたしはそうとっています）。

サリーからも手紙《てがみ》が一通《つう》。九月《がつ》になったら二週間《しゅうかん》くらい、山荘《キャンプ》のほうへきてほしいっていうんです。おゆるしをえなければなりませんか、それともわたしはもう、自分《じぶん》の思《おも》うままにふるまえる身分《みぶん》になってるんじゃないでしょうか？　ええ、なってますとも――四年生《ねんせい》だもん。夏《なつ》じゅうはたらいたんだし、すこしは健康《けんこう》にいい気《き》ばらしもしてみたい。アディロンダックスが見《み》たい、サリーにあいたい、サリーのにいさんにもあいたい――カヌーを教《おし》えてくれることになってます――それから（これが本音《ほんね》、ひきょうな話《はなし》）ジャーヴィーぼっちゃんがロックウイローについてみたら、わたしがいなかったということにしてやりたいの。思《おも》いどおりにはできないってことを、目《め》にもの見《み》せてやらなければおさまりません。わたしを思《おも》いどおりにできる人《ひと》はあなただけ、おじさま――それでも、いつもというわけではありません！ わたしは森《もり》にかくれてしまう。

ジュディ

キャンプ・マクブライドにて
九月六日《がつか》

おじさま
お手紙《てがみ》、まにあいませんでした（ありがたいことに）。命令《めいれい》どおりにさせたかったら、二週間以内《しゅうかんいない》に秘書《ひしょ》に命令《めいれい》をつたえさせること。ごらんのとおり、わたしはここ、もう五日《か》になります。

森《もり》はいい気持《きも》ち、そして山荘《キャンプ》も、天気《てんき》も、マクブライド家《け》の人《ひと》たちも、世界《せかい》じゅうなにもかも。とてもしあわせ！

カヌーにいこうって、ジミーがよんでます。さよなら――命令《めいれい》にそむいてすみません、でもなぜあなたはそんなにいこじに反対《はんたい》なさるの？ わたしはほんのちょっぴりあそぼうとするだけなのに。夏じゅうはたらいたんだから、二週間《しゅうかん》ぐらいあそぶのはとうぜんです。あなたはとてつもないあまのじゃくね。

でも――それでもやっぱりあなたがすき、おじさま、いくら欠点《けってん》があっても。

ジュディ

作家《さっか》への道《みち》

――大学《だいがく》四年生《ねんせい》時代《じだい》の手紙《てがみ》――

十月《がつ》三日《か》

あしながおじさん

大学《カレッジ》へかえってきました。四年生《ねんせい》――そのうえ、校友会雑誌《こうゆうかいざっし》の編集者《へんしゅうしゃ》になりました。こんな世《よ》なれた人物《じんぶつ》が、つい四年《ねん》まえにはジョン・グリーア孤児院《ホーム》の住人《じゅうにん》だったなんて、うそみたい。アメリカでは、一夜《や》のうちに有名人《ゆうめいじん》になったりするんです！

こういうこと、どうお思《おも》いになる？　ロックウイローからこっちへ回送《かいそう》されてきた、ジャーヴィーぼっちゃんの短《みじか》い手紙《てがみ》。残念《ざんねん》だがこの秋《あき》はそっちへゆけない、友《とも》だちからヨットにさそわれてしまった、いなかで、たのしい夏《なつ》をおくるよう祈《いの》っている、ですって。

それでいて、わたしがマクブライド家《け》の人《ひと》たちといっしょだったこと、かれはちゃんとしょうちしてたんですよ、ジュリアがおしゃべりしたから！　あなたがた男《おとこ》は、陰謀《いんぼう》は女《おんな》にまかせておくべきです。軽《かる》みが足《た》りないわ。

"MERRITT" TYPE WRITER
SPACE
CAPS

ジュリアは最高《さいこう》にうっとりさせる服《ふく》を、トランクいっぱいもってかえりました——虹色《にじいろ》のリバティ・クレープの夜会服《やかいふく》なんか、天使《てんし》にふさわしいほどの衣装《いしょう》。それなのにわたしったら、ことしの自分《じぶん》の服《ふく》は空前絶後的《くうぜんぜつごてき》に(こんなことば、あったかしら?)美《うつく》しいと思《おも》いこんでいました。パタスン夫人《ふじん》のもってらっしゃるのをまねて、安《やす》い仕立屋《したてや》にたのんだのです。ほんものとうり二つというほどにはゆきませんでしたが、ジュリアがトランクをあけるまでは、まったくごきげんだったんです。けれどいまでは——パリを見《み》て死《し》ね!

おじさま、女《おんな》の子《こ》じゃなくてよかったと思《おも》うでしょう? わたしたちが着《き》るもののことで大《おお》さわぎするのはばかの骨頂《こっちょう》だとお考《かんが》えでしょう? そうです、たしかにそのとおり。けれどすべてはあなたがた男《おとこ》のせい。

不必要《ふひつよう》な装飾《そうしょく》をいやしみ、分別《ふんべつ》ある、実用的《じつようてき》な衣服《いふく》を女性《じょせい》に推奨《すいしょう》した、博識《はくしき》な大学教授先生《だいがくきょうじゅせんせい》のことを、お聞《き》きになったことある? その教授《きょうじゅ》の奥《おく》さんは義理《ぎり》がたい人《ひと》だったので、「服装改革《ふくそうかいかく》」をそのまま実行《じっこう》しました。そしたら、だんなさまはどうしたとお思《おも》いになる? コーラス・ガールとかけおちしてしまいましたとさ。

いつまでもあなたの　　ジュディ

追伸《ついしん》　わたしたちの廊下係《ろうかがかり》の女中《じょちゅう》は、青《あお》いチェックのギンガムのエプロンをしてます。かわりに茶色《ちゃいろ》のを買《か》ってあげて、青《あお》いのは湖《みずうみ》の底《そこ》へしずめてしまうつもり、あれを見《み》るたんびに、ぞっとするんです。

十一月《がつ》十七日《にち》

あしながおじさん

作家《さっか》になりたいというわたしの希望《きぼう》を、いっぺんにくじいてしまうようなことがおこりました。お知《し》らせすべきかどうかわかりませんが、同情《どうじょう》してもらいたくて——なにもいわずに同情《どうじょう》してください、お願《ねが》い。こんどのお手紙《てがみ》にそのことをもちだして、傷口《きずぐち》をまたあけたりしないで。

わたし、小説《しょうせつ》を書《か》いてたんです。去年《きょねん》の冬《ふゆ》じゅうまい晩《ばん》、この夏《なつ》も、からっぽ頭《あたま》のふたりの子《こ》どもたちにラテン語《ご》を教《おし》えていないときにはずっと、書《か》きつづけてました。ちょうど大学《カレッジ》のはじまるまえに書《か》きあげて、ある出版社《しゅっぱんしゃ》におくりました。二月《つき》もそのままなので、採用《さいよう》してくれるものと思《おも》いこんでました。ところがきのうの朝《あさ》、小包《こづつみ》がきて（三十セント切手代受取人《きってだいうけとりにん》ばらい）原稿《げんこう》がもどってきたのです。たいへん親切《しんせつ》なおとうさんのような——だけど正直《しょうじき》な！　手紙《てがみ》がついてました。住所《じゅうしょ》からみて、まだ大学《だいがく》在学中《ざいがくちゅう》のようだが、もし若干忠告《じゃっかんちゅうこく》を聞《き》いてもらえるなら、勉強《べんきょう》に全力《ぜんりょく》をそそいで、書《か》きはじめるのは卒業後《そつぎょうご》にしてはどうかと書《か》いてありました。そして原稿係《げんこうがかり》の意見《いけん》が同封《どうふう》してありました。

こういうぐあい。

「筋《すじ》はすこぶる荒唐無稽《こうとうむけい》。人物描写《じんぶつびょうしゃ》は誇張《こちょう》にすぎ、会話《かいわ》は不自然《ふしぜん》。ユーモアはたぶんにあるが、かならずしも上品《じょうひん》なものとはかぎらない。努力《どりょく》をつづけるよう、作者《さくしゃ》につたえること。他日《たじつ》、ほんものの小説《しょうせつ》を生《う》みだすかもしれない。」

ようするに、おじさま、これはほめてないってことね？　それなのにわたしときたら、アメリカ文学《ぶんがく》に特筆《とくひつ》すべき貢献《こうけん》をしたんだと考《かんが》えてました。本気《ほんき》でそう思《おも》ってたんです。卒業《そつぎょう》まえに、りっぱな小説《しょうせつ》を書《か》いて、あなたをびっくりさせてやろうとたくらんでいたの。去年《きょねん》のクリスマスにジュリアのところにいたあいだに、材料《ざいりょう》をあつめたんです。だけど、おそらく編集者《へんしゅうしゃ》のいうことが正《ただ》しいのでしょう。ひとつの大都会《だいとかい》の風俗習慣《ふうぞくしゅうかん》を観察《かんさつ》するには、二週間《しゅうかん》ぐらいじゃきっとじゅうぶんじゃなかったのです。

きのうの午後《ごご》、その原稿《げんこう》をもって散歩《さんぽ》にでかけ、ガス小屋《ごや》までできたとき、なかへはいって技師《ぎし》に炉《ろ》を貸《か》してもらえないかとたのみました。技師《ぎし》はていねいに炉《ろ》の戸《と》をあけてくれました、わたしは自分《じぶん》の手《て》で、原稿《げんこう》をほうりこんでしまいました。自分《じぶん》のただひとりの子《こ》どもを、火葬《かそう》にしたような気持《きも》ちでした。

ゆうべはすっかりがっくりして、ベッドにはいりました。わたしはろくな者《もの》になれない、あなたにお金《かね》をむだにすてさせてしまったと考《かんが》えました。ところがどうでしょう。けさ、目《め》をさましたら、すばらしい新《あたら》しい筋《すじ》が頭《あたま》にうかんだの。そして一日《にち》じゅう、これいじょうはありえないっていうようなたのしい気持《きも》ちで、登場人物《とうじょうじんぶつ》のプランをねりはじめてすごしました。わたしはまちがっても悲観論者《ペシミスト》だなんていわれっこないわ！　たとえ夫《おっと》と十二人《にん》の子《こ》どもが、ある日地震《ひじしん》にのまれてしまっても、あくる朝《あさ》はにこにこしながらはねおきて、またべつの夫《おっと》と子《こ》どもの一セットをさがしはじめることでしょう。

愛情《あいじょう》をこめて　　　ジュディ

十二月《がつ》十四日《か》

あしながおじさん

ゆうべはまったくおかしな夢《ゆめ》を見《み》ました。なんでも、一けんの本屋《ほんや》へはいっていったのです、すると店員《てんいん》が「ジュディ・アボットの生涯《しょうがい》と文学《ぶんがく》」という新刊書《しんかんしょ》をもってきました。とてもはっきり見《み》えました――赤《あか》クロース装《そう》で、表紙《ひょうし》にジョン・グリーア孤児院《ホーム》の絵《え》、そして口絵《くちえ》がわたしの肖像《しょうぞう》で、「まごころをこめて、ジュディ・アボット」と下《した》に署名《しょめい》してありました。

ところがページをめくっていって、おわりにある自分《じぶん》の墓碑銘《ぼひめい》を読《よ》もうとしたときに、目《め》がさめました。まったく、いまいましい話《はなし》！　もうちょっとで、自分《じぶん》がだれと結婚《けっこん》して、いつ死《し》ぬかわかるところだったのに。

もし自分《じぶん》の伝記《でんき》――すべてを知《し》ってる作者《さくしゃ》が、ありのままに書《か》いた――を、実際《じっさい》に読《よ》むことができたらおもしろいだろうなと思《おも》いませんか？　そして、つぎのような条件《じょうけん》でなければ読《よ》めないことにするんです。読《よ》んだらけっしてわすれないこと、自分《じぶん》のしたことがみんなどういう結果《けっか》になるかまえもって知《し》っていながら、かつ、自分《じぶん》の死《し》の正確《せいかく》な時刻《じこく》まであらかじめしょうちしながら一生《いっしょう》をおくること、というのです。それでもなお自分《じぶん》の伝記《でんき》を読《よ》む勇気《ゆうき》のある人《ひと》が、いったい何人《なんにん》いるでしょう？　またぎゃくに、希望《きぼう》もおどろきもなしに一生《いっしょう》をおわることがわかっていながら、なおかつ読《よ》みたいという好奇心《こうきしん》をおさえつけられる人《ひと》が、どれだけいるでしょう？

どんなにうまくいったところで、人生《じんせい》って単調《たんちょう》なものです。食《た》べて、眠《ねむ》って、そのくりかえし。けれど思《おも》ってもみて。食事《しょくじ》と食事《しょくじ》のあいだに、思《おも》いがけないことがなにひとつおこらないとしたら、それこそ死《し》ぬほど無味乾燥《むみかんそう》だわ。あら！　おじさま、インクのしみができちゃった。でももう三ページめだから、書《か》きなおしはきかないわ。

ことしもまた生物学《せいぶつがく》をつづけます——すごくおもしろい学科《がっか》、いま、栄養組織《えいようそしき》の勉強中《べんきょうちゅう》、顕微鏡《けんびきょう》で見《み》る、ネコの十二指腸《しちょう》の断面《だんめん》がどんなにきれいか、おめにかけたいくらい。

それから、いよいよ哲学《てつがく》をはじめます——おもしろいけど、つかみどころがない。問題《もんだい》になってるものを、黒板《こくばん》にピンでとめておける生物学《せいぶつがく》のほうが、わたしはすき。あ、また！　またまた！　このペンは泣《な》きむしね。でもかんべんしてあげて。

おじさまは自由意志《じゆういし》の存在《そんざい》を信《しん》じますか？　わたしは信《しん》じます——ぜったいに。あらゆる行動《こうどう》は、間接的《かんせつてき》ないろいろな原因《げんいん》のあつまりによるぜったい不可避《ふかひ》かつ自動的《じどうてき》な結果《けっか》であると考《かんが》える哲学者《てつがくしゃ》たちには、まったく賛成《さんせい》しかねます。こんな不道徳《ふどうとく》な説《せつ》って、聞《き》いたことないわ——なにをしたって、だれにも責任《せきにん》がないってことになってしまう。もし宿命論《しゅくめいろん》を信《しん》じている人なら、とうぜんただじっとすわって、「主《しゅ》のみこころのままに」なんていって、たおれて死《し》ぬまでそのままにしてるということになります。

わたしはぜったいに、自分《じぶん》の自由意志《じゆういし》と、自分《じぶん》の行動力《こうどうりょく》とを信《しん》じています——山《やま》をもうごかす信念《しんねん》です。見《み》ててください、大作家《だいさっか》になってみせます！　こんどの小説《しょうせつ》はもう四章《しょう》できあがってるし、あと五章《しょう》ぶんは下書《したが》きができてます。

たいへん深遠《しんえん》な手紙《てがみ》になりました――頭《あたま》がいたくなった？　おじさま。このへんでやめにして、ファッジでもつくることにするわ。ひとつもおおくりできないなんて残念《ざんねん》。ほんとのクリームと、バターボールを三つもいれてつくるんですから、もうれつにおいしくなる予定《よてい》なんです。

愛《あい》をこめて　　ジュディ

追伸《ついしん》　体育《たいいく》の時間《じかん》に、幻想舞踊《ファンシーダンシング》をならってるところ。このさし絵《え》をごらんになれば、まるでほんもののバレーみたいだということがおわかりでしょう。はじっこで、エレガントにピルエットをやってのけてるのが、わたし。

十二月《がつ》二十六日《にち》

大《だい》すきな、大《だい》すきなおじさま

常識《じょうしき》ってものもってるの？　ひとりの女《おんな》の子《こ》に、十七もクリスマス・プレゼントをおくったりしちゃいけないってこと、知《し》らなかった

の？　わたしは社会主義者《しやかいしゆぎしや》よ、どうぞおわすれなく、わたしを財閥《ざいばつ》にでもしてしまうおつもり？　もし、あなたとけんかでもしたら、どんなにやっかいなことになるでしょう！　プレゼントをおかえしするのに、運送車《うんそうしや》をやとわなきゃならなくなるわ。
わたしのおおくりしたネクタイ、よれよれでごめんなさい。手《て》あみなの（もちろん、内在的証拠《ないざいてきしようこ》によって、お気《き》づきになったように）。寒《さむ》い日《ひ》におしめになって、オーバーのボタンをきっちり上《うえ》まではめてくださらなければだめ。
ありがとう。おじさま、一千回《せんかい》でもありがとうっていうわ。あなたはこの世《よ》でいちばんやさしいかた――そしていちばんのおばかさん！

ジュディ

新年《しんねん》の幸福《こうふく》を祈《いの》って、マクブライド家《け》の山荘《キャンプ》で見《み》つけた四つ葉《ば》のクローバーを、いれておきます。

一月九日《がつか》

永遠《えいえん》の救《すく》いが保証《ほしよう》されるようなことを、なにかしたいと思《おも》ってらっしゃるでしょうね、おじさま。ひどくさしせまった状態《じようたい》におちいってる一家《いつか》があるのです。母親《ははおや》と父親《ちちおや》と、いま、家《いえ》にいる子《こ》が四人《にん》――上《うえ》のふたりの男《おとこ》の子《こ》は、一旗《ひとはた》あげようとでていったきり、びた一文《いちもん》もおくってきません。父親《ちちおや》はガラス工場《こうじょう》ではたらいているうちに、肺病《はいびょう》になり——すごくからだによくないしごとなんです——いまでは病院《びょういん》にいれられてます。それで貯金《ちょきん》もつかいはたし、一家《いっか》の支《ささ》えはいちばん上《うえ》の、二十四になるむすめの肩《かた》にかかっているのです。

かの女《じょ》は一日《にち》一ドル半《はん》で仕立《した》てものをして（それもしごとをもらえるときだけ）、夜《よ》なべには花《か》びんしきのししゅうをしたりしてます。母親《ははおや》はあまりじょうぶでないうえに、まるっきり能《のう》なしで、神《かみ》さまにすがってばかりいます。むすめが過労《かろう》と責任《せきにん》と心配《しんぱい》で、骨身《ほねみ》をけずってるというのに、母親《ははおや》は両手《りょうて》をくんですわってるだけ、まるで忍従《にんじゅう》を絵《え》にかいたみたいに。むすめはこの冬《ふゆ》を、あとどうしてしのいだらいいのか、わからないんです——わたしにもわからない。百《ひゃく》ドルあれば、石炭《せきたん》と、子《こ》どもたち三人《にん》のくつが買《か》えます。そうすれば子《こ》どもたちは学校《がっこう》へいけるし、すこしはよゆうもできますから、二、三日《にち》しごとがないからといって、死《し》ぬほど心配《しんぱい》することもなくなります。

あなたは、わたしの知《し》ってるいちばんのお金持《かねも》ちです。百《ひゃく》ドルだしていただくことは不可能《ふかのう》でしょうか？　あのむすめさんこそ、たすけがいるんです。わたしがいったよりももっともっといじょうに。あの人《ひと》のためでなければ、お願《ねが》いはしません。母親《ははおや》なんかどうなったって、たいして苦《く》にしません——まるで、クラゲみたいに骨《ほね》なしなんだから。

世《よ》のなかの人《ひと》たちが、いつも目《め》を天《てん》にむけ、ほんとはそうじゃないのがわかりきっているくせに、「これもみな、神《かみ》さまのおぼしめしでしょう。」なんていってるそのやりかたが、しゃくにさわってしようがないんです。へりくだりというのか、あきらめというのか、なんといおうとかってですけど、ようするに無気力《むきりょく》な惰性《だせい》にすぎません。わたしはもっと戦闘的《せんとうてき》な宗教《しゅうきょう》をとります！

哲学《てつがく》はいまや最低《さいてい》――あすはショーペンハウエルをぜんぶ。教授《きょうじゅ》はわたしたちが哲学《てつがく》いがいの学科《がっか》もやってるってことに思《おも》いいたらないらしいんです。おかしなおじいちゃん。頭《あたま》を雲《くも》のなかにつっこんで歩《ある》きまわっていて、たまにかたい大地《だいち》につきあたると、ぽかんとして目《め》をぱちくりさせます。講義《こうぎ》をわかりやすくさせようと、ときどきしゃれをおっしゃるの――わたしたち、いっしょうけんめいわらってあげるんだけど、ほんとは、かれのじょうだんはわらえるなんてしろものじゃないの。授業《じゅぎょう》と授業《じゅぎょう》のあいだには、物質《ぶっしつ》は実在《じつざい》しているのか、それとも物質《ぶっしつ》は実在《じつざい》していると自分《じぶん》が考《かんが》えているだけなのか、という問題《もんだい》を解決《かいけつ》することに、もっぱら時間《じかん》をついやしていらっしゃいます。

あのお針子《はりこ》のむすめなら、もちろん物質《ぶっしつ》は実在《じつざい》してるにきまってるというでしょう！

わたしの新《あたら》しい小説《しょうせつ》、どこにあると思《おも》う？　くずかごのなか。われながら駄作《ださく》ということがはっきりしてるの、自作《じさく》を愛《あい》する作者自身《さくしゃじしん》がそうさとってるいじょう、けちをつけたがる読者《どくしゃ》の批評《ひひょう》がどんなものか、思《おも》いやられるってわけ！

あとで

苦《くる》しいベッドの上《うえ》から、一筆《ぴっ》。へんとうせんがはれて、二日間《かかん》寝《ね》こんでます。熱《あつ》いミルクが飲《の》みこめるだけ、あとはなんにも。「こんなへんとうせんを、あかんぼうのときにとってしまわないなんて、ご両親《りょうしん》はどういうお考《かんが》えだったんでしょうね？」とお医者《いしゃ》さまはいぶかしげ。わたしにわかるもんですか、わたしのことをどれだけ気《き》にしてたか、それだってあやしいもんだ。

あなたの　　J・A

あくる朝《あさ》

封《ふう》をするまえに、ちょっと読《よ》みかえしました。どうしてこんなに人生《じんせい》を、もやがかかったみたいに陰気《いんき》に考《かんが》えたんだか、自分《じぶん》でもわかりません。とりいそぎ、念《ねん》をおしておきますが、わたしは若《わか》くて、しあわせで、元気《げんき》いっぱいです。あなたもきっとそうだと信《しん》じてます。若《わか》さって、お誕生日《たんじょうび》とは関係《かんけい》ないわ、精神《せいしん》がいきいきしてるかどうかにかかってるものだから、たとえ髪《かみ》が白《しろ》くたって、おじさま、あなただってまだ少年《しょうねん》でいることもできるわ。

愛《あい》をこめて　　ジュディ

一月十二日《がつにち》

慈善家《じぜんか》さま

あの一家《いっか》におおくりくださった小切手《こぎって》、きのうつきました。ほんとにありがとう! お昼《ひる》ごはんのあと、体育《たいいく》の時間《じかん》を休《やす》んで、もっていってあげました。あのむすめさんの顔《かお》ったら、ほんとに見《み》せてあげたかった！　あんまりびっくりして、よろこんで、安心《あんしん》したものだから、若《わか》がえったように見《み》えました。まだ二十四だっていうのに、かわいそうに。

とにかく、かの女《じょ》はいまのところ、いいことがみんないっぺんにやってきたような気《き》がしてます。こんご二か月《げつ》、きまったしごともできて——だれかが結婚《けっこん》するので、花嫁衣装《はなよめいしょう》を仕立《した》てるのです。

「ありがとうございます、おめぐみ深《ふか》い神《かみ》さま！」その小《ち》さい紙《かみ》きれに百《ひゃく》ドルのねうちがあるとわかると、母親《ははおや》はそうさけびました。

「おめぐみ深《ふか》い神《かみ》さまなんかじゃない。あしながおじさんよ。」とわたしはいってやりました（じっさいはスミスさんて、いっときましたが）。

「でも、そのかたをこういう気持《きも》ちにさせてくだすったのは、おめぐみ深《ふか》い神《かみ》さまです。」母親《ははおや》はいいました。

「とんでもない。それはわたしなのよ。」とわたしはいいました。

けれど、いずれにせよ、おじさま、おめぐみ深《ふか》い神《かみ》さまは、きっとあなたにふさわしいごりやくをくださいますよ。一万年《まんねん》は煉獄《れんごく》からぬけだせたとしてもとうぜんよ。

最高《さいこう》に感謝《かんしゃ》してる　　　　ジュディ・アボット

二月《がつ》十五日《にち》

つつしみて陛下《へいか》に言上《ごんじょう》したてまつる
けさは、冷製《れいせい》シチメンチョウパイとガチョウにて朝食《ちょうしょく》をばしたため、かつて味《あじ》わいしことなき茶《ちゃ》（中国《ちゅうごく》の飲料《いんりょう》）一ぱい、人《ひと》をつかわして所望《しょもう》せり。

ご心配《しんぱい》なく、おじさま——気《き》がふれたわけじゃないの、サミュエル・ピープス（十七世紀英国の海軍大臣。日記で有名。）を引用《いんよう》してるだけ、英国史《えいこくし》に関連《かんれん》して、資料《しりょう》として、わたしたちピープスを読《よ》んでます。サリーとジュリアとわたしは、このごろ、一六六〇年代《ねんだい》のことばで話《はな》すんです。こんなことば。

「チャリング・クロスへおもむき、ハリソン少佐《しょうさ》のしばり首《くび》の刑《けい》に処《しょ》せられ、臓腑《ぞうふ》をぬかれ、身《み》を四《よ》つ裂《ざ》きにせらるるさまを見《み》たり。かかる刑《けい》をうけつつも、かれ、人《ひと》なみすぐれてここちよげなりき。」それからこんなの。「奥方《おくがた》と食事《しょくじ》をともにす。昨日《さくじつ》、弟御《おとうとご》の、斑点熱《はんてんねつ》にてみまかりしとて、美《うつく》しき喪服《もふく》を召《め》されたり。」

お客《きゃく》をよぶには、ちょっとはやすぎるんじゃないかしら？　ピープスの友人《ゆうじん》のひとりは、くさった食料品《しょくりょうひん》を貧民《ひんみん》に売《う》りつけて、そのもうけを国王《こくおう》の負債《ふさい》にあてるという、とてもずるい方法《ほうほう》をたくらみました。改革者《かいかくしゃ》のあなたとしてはどうお考《かんが》えですか？　現代《げんだい》のわれわれは、新聞《しんぶん》が書《か》きたてるほどには、わるくないと思《おも》うわ。

サミュエルは、女《おんな》の子《こ》みたいに着《き》るものに夢中《むちゅう》でした。自分《じぶん》の服《ふく》に、奥《おく》さんの五倍《ばい》もお金《かね》をつかったんです——世《よ》の夫族《おっとぞく》にとっては黄金時代《おうごんじだい》であったとみえる。つぎにあげるのは、ほろりとさせる一節《せつ》じゃありませんか？　ほんとにすなおな人《ひと》だったということがわかります。「本日《ほんじつ》、黄金《こがね》のボタンつきたる、みやびなるキャムレットのマントとどきぬ。こはおおいなるついえかかりしもの。ねがわくは神《かみ》よ、つつがなくこの金子《きんす》をば、はらわしめたまえ。」

ピープスのことばっかりでごめんなさい。いま、かれについてとくべつ論文《ろんぶん》を書《か》いてるんです。どう思《おも》う？　おじさま。学生自治会《がくせいじちかい》が、十時消灯《じしょうとう》の規則《きそく》をつぶしたのよ。よかったら、ひと晩《ばん》じゅうでも電気《でんき》をつけておけるの。ただほかの人《ひと》のじゃまさえしなければ――どんちゃんさわぎはだめってこと。その結果《けっか》は、人間性《にんげんせい》というものの好見本《こうみほん》。すきなだけおきていいということになると、もうおきていたくないの。九時《じ》になるとこっくりこっくりしはじめ、九時半《じはん》ともなれば、夢《ゆめ》うつつの手《て》からペンがポトリ。いま、ちょうど九時半《じはん》。おやすみなさい。

日曜日《にちようび》

教会《きょうかい》からかえったところ――ジョージア州《しゅう》から説教師《せっきょうし》がきました。かれいわく、情操《じょうそう》をぎせいにしてまで、知性《ちせい》を発達《はったつ》させることなかれ――されど、われ思《おも》えらく、そはあわれにも、ひからびたる説教《せっきょう》なりき（またピープスになっちゃった）。説教師《せっきょうし》がアメリカのどこからこようと、カナダからこようと、あるいはどんな宗派《しゅうは》にぞくしていようと、そんなことに関係《かんけい》なく、わたしたちはいつもおんなじ説教《せっきょう》を聞《き》かされるんです。そんならいったいぜんたいなぜ説教師《せっきょうし》たちは、男《おとこ》の大学《カレッジ》へいって、あんまり頭《あたま》をつかいすぎて、男《おとこ》っぽさをめちゃめちゃにしないようにと、学生《がくせい》たちに力説《りきせつ》しないのかしら？

きょうは美《うつく》しい日《ひ》――冷《つめ》たい空気《くうき》、白《しろ》い氷《こおり》、青《あお》い空《そら》。おひるがすみしだい、サリーとジュリアとマーティ・キーンとエリナー・プラット（お友《とも》だち、でもご存知《ぞんじ》ないでしょう）とわたしは、ショートスカートをはいて、いなか道《みち》を歩《ある》いて、クリスタル・スプリング農場《のうじょう》までいき、フライド・チキンとワッフルの夕食《ゆうしょく》をいただいて、それからミスター・クリスタル・スプリングに馬車《ばしゃ》でおくってきてもらいます。七時《じ》が門限《もんげん》ですが、今夜《こんや》はおまけしてもらって、八時《じ》にするつもり。

いざさらば、きみよ。

きみがもっとも忠義《ちゅうぎ》、忠良《ちゅうりょう》、誠実《せいじつ》、従順《じゅうじゅん》なるしもべなりと書《か》きしるすほまれに浴《よく》す

J・アボット

二月五日《がつか》

理事《りじ》さま

あすは今月《こんげつ》の第《だい》一水曜日《すいようび》――ジョン・グリーア孤児院《ホーム》では、いやな日《ひ》です。五時《じ》になって、あなたがたが孤児《こじ》たちの頭《あたま》をなでて、かえってしまうと、どんなにみんなほっとするでしょう！　あなたは（個人的《こじんてき》に）わたしの頭《あたま》をなでてくださったことがおありですか？　おじさま。ないと思《おも》うわ――ふとった理事《りじ》さんにばかり、なでてもらったようにおぼえてます。

どうか孤児院《ホーム》によろしくおつたえください――皮肉《ひにく》ではなく、まじめに。四年《ねん》という年月《ねんげつ》のかすみをと

おしてふりかえってみると、ほんとになつかしくなります。はじめて大学《カレッジ》へきたときは、ほかのむすめたちがすごしてきたような、ふつうの子《こ》ども時代《じだい》というものをうばわれていたのですから、ずいぶん腹《はら》もたちました。でもいまでは、ちっともそんな気《き》はしません。ふつうじゃできない冒険《ぼうけん》の一種《いっしゅ》だったと思《おも》ってるんです。わきに立《た》って人生《じんせい》をのぞむ、有利《ゆうり》な位置《いち》をあたえられたようなもの。すっかりおとなになってから世《よ》のなかにでてきたので、わたしは世《よ》のなかを見《み》とおすことができる、これはいろんなもののまっただなかにそだったほかの人《ひと》たちには、まったくできないことです。

自分《じぶん》がしあわせなのに、ちっとも気《き》づかない女《おんな》の子《こ》たち（たとえば、ジュリア）を、わたしはたくさん知《し》ってます。かの女《じょ》たちは、しあわせになれすぎて、感覚《かんかく》がにぶってしまったんです。けれどわたしにしてみれば――わたしは、生《い》きてるいっしゅんいっしゅんに、自分《じぶん》がしあわせだということにはっきり気《き》づいてる。そしてどんなにふゆかいなことがおこっても、そうしてゆくつもりです。ふゆかいなことは（歯痛《はいた》ですら）おもしろい経験《けいけん》として考《かんが》え、どんな気持《きも》ちがするものかよろこんで味《あじ》わってみようと思《おも》っています。「どんな空《そら》のもとにいようと、わたしの心《こころ》はすべての運命《うんめい》にたいしてひらかれている。（バイロンの詩の一節。）」

とはいうものの、おじさま、J・G・H《ジョン・グリーア・ホーム》にたいするこの新《あたら》しい愛情《あいじょう》を、あまり文字《もじ》どおりにはおとりにならぬよう。もしもルソーのように子《こ》どもが五人《にん》あったとしても、その子《こ》たちがまちがいなく質素《しっそ》にそだつようにと、孤児院《こじいん》の戸口《とぐち》へすててきたりはしないわ。

ミセス・リペットに、わたしの好意《こうい》をおつたえください（これが正直《しょうじき》なところ、愛《あい》をといってはちょっと強《つよ》すぎる）、そして、わたしがどんなにあっぱれな個性《こせい》の持《も》ち主《ぬし》になってるか、それを話《はな》すのもわすれずに。

愛《あい》をこめて　ジュディ

ロックウイローにて　四月《がっ》四日《か》

おじさま

消印《けしいん》を見《み》た？　サリーとわたしは復活祭《ふっかっさい》の休《やす》みのあいだ、ロックウイローへきて、ここをはなやかにいろどってます。休《やす》みの十日間《かかん》をすごす最上《さいじょう》の方法《ほうほう》は、しずかなところへくることだときめたんです。わたしたちの神経《しんけい》は、これいじょう一回《かい》だってファーガスン寮《りょう》で食事《しょくじ》するのにはたえられないという、そのぎりぎりの線《せん》までできてました。四百人《ひゃくにん》の学生《がくせい》と、ひとつへやで食事《しょくじ》するなんてことは、つかれてるときには地獄《じごく》の苦《くる》しみ。ものすごいやかましさなので、手《て》でメガホンをつくってどならないことには、まえにすわった友《とも》だちと話《はな》すことさえできないんです。うそじゃありません。

サリーとわたしは、歩《ある》いて丘《おか》めぐりをしたり、読《よ》んだり書《か》いたり、たのしいのんびりしたときをすごしています。けさは「スカイ・ヒル」の頂上《ちょうじょう》までのぼりました。いつかジャーヴィーぼっちゃんとふたりで夕《ゆう》ごはんをつくったところ――あれがほとんど二年《ねん》まえのことだなんて、うそのよう。たき火《び》の煙《けむり》で岩《いわ》が黒《くろ》くなったところがいまでものこってます。ある場所《ばしょ》とある人《ひと》たちとがむすびついていて、そこへもどればその人《ひと》たちを思《おも》いださずにはいられないなんて、おかしいわね。ジャーヴィーぼっちゃんがいなくて、わたし、ほんとにさびしかった——二分間《ふんかん》はね。

おじさま、わたしがさいきんどんなことにせいをだしてると思《おも》う？　性《しょう》こりもなくとお思《おも》いでしょうけど——小説《しょうせつ》を書《か》いてます。三週間《しゅうかん》まえにとりかかって、いま、もりもりやってるとこ。こつをさとったの。ジャーヴィーぼっちゃんや、あの編集者《へんしゅうしゃ》の人《ひと》がいったことは、正《ただ》しかった、自分《じぶん》の知《し》ってることを書《か》くのが、いちばん人《ひと》の胸《むね》をうつのです。そして、こんど書《か》いてるのは、わたしがこれこそほんとに知《し》ってること——知《し》りつくしてることとです。舞台《ぶたい》がどこかあててみて？　ジョン・グリーア孤児院《ホーム》！　これはいい線《せん》いってます。われながらそう思《おも》います——書《か》くことは、その日《ひ》その日《ひ》の、ほんのちょっとしたことばかり。いまやわたしはリアリスト。ロマンティシズムはすてました。もどるのはもっとあとになってから、わたし自身《じしん》にびっくりするような未来《みらい》がはじまってから。

この新《あたら》しい小説《しょうせつ》は、なにがなんでも書《か》きあげて——そして出版《しゅっぱん》します——そうしてみせます。精神一到《せいしんいっとう》、なにごとかならざらん。わたしは四年《ねん》のあいだ、あなたからお手紙《てがみ》をいただこうとつとめてきました——まだまだ、あきらめてはいません。

さようなら、おなつかしきおじさま、

（と、そうよぶのはすき、頭韻《とういん》をふんでるみたい。）

愛《あい》をこめて　　ジュディ

追伸《ついしん》　農場《のうじょう》のニュースをおつたえするのをわすれてました。でもとても悲《かな》しいニュースです。もし感情《かんじょう》をたかぶらせるのがおいやでしたら、この追伸《ついしん》はとばしてください。かわいそうな年《とし》よりのグローヴは、死《し》にました。まぐさをかむこともできないほど老《お》いぼれてしまったので、射殺《しゃさつ》するよりしかたなかったんです。

先週《せんしゅう》、ニワトリが九羽《わ》、イタチか、それともスカンクかネズミに、ころされました。雌牛《めうし》が一頭病気《とうびょうき》で、ボニーリッグ四つ角《かど》から獣医《じゅうい》をよばねばなりませんでした。アマサイは、あまに油《ゆ》とウイスキーを飲《の》ませるために、徹夜《てつや》しましたが、かわいそうに病気《びょうき》の雌牛《めうし》は、あまに油《ゆ》しかもらえなかったんじゃないかというのうたがいが濃厚《のうこう》です。

センチメンタル・トミー（みけネコ）行方不明《ゆくえふめい》。わなにかかったんじゃないかと心配《しんぱい》してます。この世《よ》には、心配事《しんぱいごと》がいっぱいいね。

五月《がつ》十七日《にち》

あしながおじさん

ごく短《みじか》く書《か》きます。ペンを見《み》ただけでも、肩《かた》がいたくなるの。昼間《ひるま》は一日《にち》じゅう講義《こうぎ》のノート、夜《よる》はひと晩《ばん》じゅう不朽《ふきゅう》の名作《めいさく》、書《か》きすぎです。

卒業式《そつぎょうしき》は、つぎの水曜日《すいようび》から三週間《しゅうかん》め。いらして、わたしにあってくださるわね——でないと、あなたをきらいになります！　ジュリアはジャーヴィーぼっちゃんをよびます、身内《みうち》なんですもの、サリーはジミー・マクブライドをよびます、身内《みうち》ですからね、でもわたしはだれをよべばいい？　あなたかそれともミセス・リペット。でもミセス・リペットはいや。いらして、お願《ねが》い。

愛《あい》と書痙《しょけい》とをもって　あなたの　ジュディ

ロックウイローにて　六月《がつ》十九日《にち》

あしながおじさん

教育《きょういく》ある人間《にんげん》になっちゃった！　卒業証書《そつぎょうしょうしょ》は二枚《まい》のいっちょうらといっしょに、たんすのいちばん下《した》のひきだしのなか。卒業式《そつぎょうしき》は、例《れい》のごとし、かんじんのときに二、三どにわか雨《あめ》はふったけど。バラのつぼみをありがとう。とてもきれいでした。ジャーヴィーぼっちゃんと、ジミーぼっちゃんのふたりもバラをくれましたけど、それはおふろおけにいれといて、あなたのをかかえて、卒業生《そつぎょうせい》の行列《ぎょうれつ》にくわわりました。

いま、ロックウイローにきてます、夏《なつ》をすごしに――もしかするといつまでも。まかないは安《やす》いし、まわりはしずかだし、文筆生活《ぶんぴつせいかつ》にはもってこい。奮闘中《ふんとうちゅう》の作家《さっか》が、ほかになにをのぞみましょうや？　わたしは自分《じぶん》の小説《しょうせつ》に夢中《むちゅう》です。昼《ひる》はひねもす、夜《よる》はよもすがら、そのことばかり考《かんが》えています。ほしいのは平和《へいわ》としずけさと、しごとする時間《じかん》をたくさん、それだけ（ただし、あいまあいまに栄養《えいよう》たっぷりの食事《しょくじ》つき）。

八月《がつ》には、ジャーヴィーぼっちゃんが一週間《しゅうかん》かそこらくるし、ジミー・マクブライドも、夏《なつ》のあいだにいつかよってくれるはず。ジミーはいま、証券会社《しょうけんがいしゃ》に関係《かんけい》していて、ほうぼうの銀行《ぎんこう》に証券《しょうけん》を売《う》りに、いなかまわりをしてるんです。こんども、四つ角《かど》の全国農民銀行《ぜんこくのうみんぎんこう》とわたしとを、ふたまたかけてくるというわけ。

というように、ロックウイローだって、まんざら社交《しゃこう》にかけているわけではありません。あなたが自動車旅行《じどうしゃりょこう》のとちゅうでよってくださることを期待《きたい》したっていいところなんだけど——いまでは、もうあきらめてます。卒業式《そつぎょうしき》にいらしてくださらなかったとき、わたしはあなたというかたを心《こころ》からふりすて、永久《えいきゅう》にほうむってしまったのです。

文学士《ぶんがくし》　ジュディ・アボット

もうひとりのひと

――卒業後《そつぎょうご》の手紙《てがみ》――

七月《がつ》二十四日《か》

おなつかしきあしながおじさん

はたらくって、たのしいものですね――それともあなたははたらいたことなんかないかな？　ことにそれが、自分《じぶん》が世界《せかい》じゅうでなによりもしたくてたまらないような種類《しゅるい》のしごとだったら、いっそうたのしい。この夏《なつ》はくる日《ひ》もくる日《ひ》も、ペンがうごくかぎりのはやさで書《か》きまくっています。人生《じんせい》にたいしてただひとつ文句《もんく》をつけたいところは、わたしの頭《あたま》にうかぶ美《うつく》しくて、貴重《きちょう》で、たのしい考《かんが》えをのこらず書《か》いてしまうには、一日《にち》一日《にち》の長《なが》さがたりないということ。

二回《かい》めの下書《したが》きをおえ、あすの朝《あさ》七時半《じはん》から、三回《かい》めの下書《したが》きにかかります。いままでにない、最高《さいこう》にいかす作品《さくひん》です――そうなんです、ほんとに。ほかのことはいっさい眼中《がんちゅう》になし。朝《あさ》おきると、着《き》がえや食事《しょくじ》のあいだももどかしいんです。それからは書《か》いて書《か》いて書《か》きまくって、とつぜん気《き》がついてみると、つかれすぎてからだじゅう力《ちから》がぬけてしまっています。そうなると、コリン（新米《しんまい》の牧羊犬《ぼくようけん》）を連《つ》れてでかけ、野原《のはら》でふざけまわり、よく日《じつ》のための新《あたら》しいアイディアをいっぱい、自分《じぶん》のものにします。これこそ、いままでにない最高《さいこう》にごきげんな作品《さくひん》――あら、ごめんなさい――さっきもいいました。

うぬぼれてるなんてお考《かんが》えにならないでしょうね？　おなつかしきおじさま。うぬぼれてるんじゃないの、ほんとに。ただ、いまはちょうどいちばん無我夢中《むがむちゅう》の時期《じき》なんです。そのうち熱《ねつ》もさめ、批判《ひはん》もし、鼻《はな》であしらうようになるかもしれません。いいえ、そんなことにはなりっこない！　こんどこそ、ほんものの小説《しょうせつ》を書《か》いたんです。見《み》ててください。

少《すこ》し話題《わだい》をかえましょう。アマサイとキャリーが、この五月《がつ》に結婚《けっこん》したこと、まだお知《し》らせしませんでしたね。ふたりともまだここではたらいていますが、わたしの見《み》るかぎりでは、結婚《けっこん》してふたりともだめになりました。

アマサイがどろんこのなかを歩《ある》いたり、床《ゆか》に灰《はい》をおとしたりすると、キャリーはいつもおかしがってわらっていたのに、いまでは――あのどなりようったら、聞《き》いていただきたいくらい！　キャリーはもう髪《かみ》のカールもしなくなりました。まえにはじゅうたんたきでも、まきはこびでもよろこんでやってくれたアマサイは、そんなことをたのもうものなら不平《ふへい》たらたら。そのうえ、ネクタイまですっかりうすぎたなくなって――もとは真紅《しんく》と紫《むらさき》だったのが、黒《くろ》と茶《ちゃ》にしか見《み》えません。わたしはけっして結婚《けっこん》はすまいと決心《けっしん》しました。あきらかにだらくへの第一歩《だいいっぽ》ですもの。

農場《のうじょう》のニュースは、あまりありません。家畜《かちく》はみなもうしぶんない健康状態《けんこうじょうたい》です。ブタはとんでもなくふとってるし、雌牛《めうし》はごきげんだし、めんどりはどんどんたまごをうんでます。養鶏《ようけい》に興味《きょうみ》がおありですか？　もしおありなら、「一羽《わ》一年《ねん》たまごが二百《ひゃく》」といううたいへん有益《ゆうえき》な小冊子《しょうさつし》をおすすめします。来春《らいしゅん》は孵卵器《ふらんき》をつかって、肉用鶏《ブロイラー》をそだてようかと考《かんが》えています。このとおり、わたしはロックウイロー

に腰《こし》をすえちゃいました。アントニー・トロロップのおかあさんのように百《ひゃく》十四の小説《しょうせつ》を書《か》きあげるまで、ここにいることにきめたんです。そんなぐあいにライフ・ワークを完成《かんせい》し、そしたら引退《いんたい》して旅行《りょこう》にでかけられるというわけ。

ジェームス・マクブライド氏《し》が、先日《せんじつ》の日曜日《にちようび》をここですごされました。フライド・チキンとアイスクリームがおひるにでましたが、どちらもおいしくめしあがったようでした。あえてとてもうれしかった、かれのおかげで、世《よ》のなかってものが存在《そんざい》してたんだということをちょっとのあいだ、思《おも》いだしました。

かわいそうにジミーは、証券《しょうけん》の行商《ぎょうしょう》でずいぶん苦労《くろう》してます。年《ねん》六パーセント、ときには七パーセントの利《り》まわりになることもあるというのに、四つ角《かど》の「全国農民銀行《ぜんこくのうみんぎんこう》」では、鼻《はな》もひっかけてくれないんですって。わたしが思《おも》うには、かれはけっきょくウースターのうちへかえって、おとうさんの工場《こうじょう》のしごとをすることになるんじゃないかな。あんまりあけっぴろげで、信《しん》じやすくて、親切《しんせつ》すぎるから、金融業者《きんゆうぎょうしゃ》としては成功《せいこう》しそうもありません。でも、景気上《けいきじょう》じょうの作業服製造工場《さぎょうふくせいぞうこうじょう》の支配人《しはいにん》になるなんて、とてもけっこうな身分《みぶん》だと思《おも》いませんか？　いまでこそ、作業服《さぎょうふく》なんて鼻《はな》であしらってるけど、いつかはあとをつぐわ。

書痙《しょけい》をおこしてる人間《にんげん》が書《か》いたにしては、長《なが》い手紙《てがみ》だという事実《じじつ》を、おくみとりいただきたいものです。だけどおなつかしきおじさま、わたしはやっぱりあなたがすき、そしてわたしはとてもしあわせ。美《うつく》しいけしきにかこまれ、食料《しょくりょう》は豊富《ほうふ》、寝《ね》ごこちのいい四本柱《ほんばしら》のベッド、手《て》をつけてない原稿用紙《げんこうようし》が一連《れん》、インクが一パイント――これいじょう、なにをのぞみましょう？

いつものとおりあなたの　　ジュディ

追伸《ついしん》　郵便屋《ゆうびんや》さんがもっとニュースをもってきてくれました。ジャーヴィーぼっちゃんが、こんどの金曜日《きんようび》に一週間《しゅうかん》の予定《よてい》でみえます。とってもたのしみ――ただし、わたしの小説《しょうせつ》にとっては災難《さいなん》、ジャーヴィーぼっちゃんは、きびしいんだから。

八月《がつ》二十七日《にち》

あしながおじさん

あなたはどこにいらっしゃるのかなあ？

世界《せかい》のどのあたりにいらっしゃるのか、てんで見当《けんとう》がつかないけど、このひどい暑《あつ》さのあいだはニューヨークではないといいと思《おも》います。山《やま》の頂上《ちょうじょう》（でもスイスなんかじゃなく、もっと近《ちか》くの）にいて、雪《ゆき》をながめながら、わたしのことを考《かんが》えていてくださるといい。ほんとにどうか、わたしのことを考《かんが》えていてください。とてもさびしくて、だれかに自分《じぶん》のことを考《かんが》えていてもらいたいのです。ああ、おじさま、あなたをほんとに知《し》ってたらいいのに！　そしたら、ふしあわせなときには、なぐさめあえるのに。

もうロックウイローには、これいじょうがまんできそうにありません。ひっこそうかと思《おも》ってます。サリーがこの冬《ふゆ》、ボストンでセッツルメントのしごとをすることにしています。いっしょにゆくのは、わたしにとっていいことだと思《おも》いませんか？　そうすれば共同《きょうどう》のしごと場《ば》もてるし。サリーがしごとにでかけてるあいだ、わたしは書《か》けるし、夜《よる》はいっしょにいられます。センプルさん夫婦《ふうふ》と、キャリーとアマサイしか話《はな》しあいてがないと、夜《よる》がとても長《なが》い。

でもこのしごと場《ば》の思《おも》いつきに、あなたが賛成《さんせい》しそうもないことは、いまからわかってます。あなたの秘書《ひしょ》の手紙《てがみ》が、目《め》に見《み》えるようです。

ジルーシャ・アボット殿《どの》

拝啓《はいけい》

スミス氏《し》は、貴嬢《きじょう》がロックウイローに滞在《たいざい》されることを希望《きぼう》いたしおり候《そうろう》。

敬具《けいぐ》

エルマー・H・グリグス

あなたの秘書《ひしょ》なんて大《だい》きらい。エルマー・H・グリグスなんて名《な》まえの人《ひと》は、いやな人《ひと》にちがいありません。まじめな話《はなし》、おじさま、わたし、ボストンへいかなきゃだめ、ここにはいられない。すぐにでもなにかがおこってくれないと、やけになってサイロの穴《あな》に身《み》なげしちゃいます。

やれやれ！　なんて暑《あつ》さ。草《くさ》という草《くさ》はもえあがり、川《かわ》はかれ、道《みち》はほこりだらけ。何週間《なんしゅうかん》も、何週間《なんしゅうかん》も、雨《あめ》がふらないんです。

この手紙《てがみ》だと、まるでわたしは恐水病《きょうすいびょう》にでもかかってるようだけど、そうじゃありません。わたし、ただ、家族《かぞく》がほしいんです。

さよなら、わたしの大《だい》すきなおじさま。

あなたを知《し》ってたらいいのに
ジュディ

ロックウイローにて　九月《がつ》十九日《にち》

おじさま
あることがおきて、だれかの助言《じょげん》がいるのです。わたしはあなたのおことばがほしい、世界《せかい》じゅうのほかのだれでもだめ、わたしにあってくださるわけにはいかないでしょうか？　手紙《てがみ》に書《か》くより、あってお話《はな》しするほうが、ずっとらくです。それに手紙《てがみ》だと、あなたの秘書《ひしょ》があけて見《み》やしないかと心配《しんぱい》なんです。
ジュディ

追伸《ついしん》　とてもふしあわせです。

ロックウイローにて　十月《がつ》三日《か》

あしながおじさん
あなたがご自分《じぶん》の手《て》で——こんなにふるえている手《て》で！——お書《か》きになったお手紙《てがみ》、けさいただきました。ご病気《びょうき》だったというのに、ほんとうにすみません。そうと知《し》ってたら、わたしのことなんかでご心配《しんぱい》をおかけするんじゃありませんでしたのに。おっしゃるように、そのなやみというのをお話《はな》しします。でも書《か》くとなるとなんだかこみいってるし、それにとてもプライベートなことなのです。どうかこの手紙《てがみ》はとっておかないで、焼《や》いてください。

はじめるまえに――千《せん》ドルの小切手《こぎって》を同封《どうふう》させていただきます。わたしがあなたに小切手《こぎって》をおくるなんて、おかしいみたいね？　どこで手《て》にいれたとお思《おも》いになります？

小説《しょうせつ》が売《う》れたんです、おじさま。つづきものとして、七回《かい》にわけて雑誌《ざっし》にでて、そのあとで本《ほん》になります！　気《き》がちがったみたいによろこんでるとお思《おも》いかもしれません。ところがそうじゃないんです。ぜんぜんなんにも感《かん》じないの。もちろんお金《かね》をおかえしできるようになったのはうれしい――まだ二千《せん》ドルいじょうも拝借《はいしゃく》してます。これも分割《ぶんかつ》ばらいでおかえしするつもりです。ですけど、どうかだまってうけとってください。おかえしすることでわたしはしあわせになれるんですから。たんにお金《かね》だけでなく、もっともっと大《おお》きなご恩《おん》をうけてるんです。それはわたしが生《い》きているかぎり、感謝《かんしゃ》と愛情《あいじょう》とでおかえししてゆきたい。

さて、おじさま、こんどはべつのこと。わたしの気《き》にいろうがいるまいがそれにはおかまいなく、あなたのいちばん現実的《げんじつてき》な意見《いけん》を聞《き》かせてください。

わたしがあなたにいつもあるたいへんとくべつな感情《かんじょう》をいだきつづけてきたことは、あなたにもおわかりと思《おも》います。

あなたはいわばわたしの家族《かぞく》ぜんたいになりかわっていてくださるかたでした。けれど、もしわたしがもうひとりほかのひとに、もっともっととくべつな感情《かんじょう》をもっているともうしあげても、気《き》をわるくしたりはなさらないでしょうね？　それがだれかは、たぶんわけなくおあてになれるでしょう。わたしの手紙《てがみ》は、もうずいぶん長《なが》いあいだ、ジャーヴィーぼっちゃんのことばかりだったように思《おも》います。

あのひとがどんなひとか、また、わたしたちふたりがどんなに気《き》があってるか、わかっていただけたらと思《おも》います。わたしたちはどんなことについても、おなじように考《かんが》えます——どうもわたしには、自分《じぶん》の考《かんが》えをかれの考《かんが》えにあわせようあわせようとする傾向《けいこう》がありますけど！　でも、ほとんどいつもかれが正《ただ》しいんです。それもそのはず、そうでしょう、わたしより十四年《ねん》もはやく生《う》まれてるんですもの。けれど、ほかの面《めん》では、まるでそだちすぎのぼうやなの、せわをやいてあげる必要《ひつよう》があるの——雨《あめ》がふってるのに、ゴム長《なが》をはくってことに気《き》がつきもしないんだもの。かれとわたしとはいつもおなじことをおかしがります。これはとてもたいせつなこと、ふたりの人間《にんげん》の、ユーモアの感覚《かんかく》が反対《はんたい》だったらもうおしまい、そういう心《こころ》のみぞをつなぐ橋《はし》があるとは思《おも》えません！

そしてあのひとは——ああ、もう！　あのひとはまさにあのひと、あいたい、あいたい、あいたいんです。世界《せかい》じゅうががらんどうで、ずきずきしてるみたい、月《つき》の光《ひかり》もきらい、美《うつく》しいのに。あのひとはここにいない、わたしといっしょにながめてくれない。あなたもきっとだれかを愛《あい》したことがおありでしょう。だからわかってくださるでしょう？　もしあったら、説明《せつめい》する必要《ひつよう》ないわ、もしなかったら、説明《せつめい》しようったってできない。

とにかく、これがわたしの気持《きも》ちで――そして、わたしはあのひとと結婚《けっこん》するのをことわったんです。理由《りゆう》はいいませんでした、わたしはだまったきり、みじめでした。なんていえばいいかわからなかったんです。そしてあのひとはいってしまいました。わたしがジミー・マクブライドと結婚《けっこん》したがってるんだろうと考《かんが》えて――わたしはちっともそんな気《き》はないんです、ジミーと結婚《けっこん》なんて考《かんが》えもしません、まだ一人前《いちにんまえ》じゃないんですもの。それなのに、ジャーヴィーぼっちゃんとわたしはおそろしい誤解《ごかい》のどろぬまにおちこんで、おたがいに気持《きも》ちを傷《きず》つけあいました。

わたしがあのひとをだまってゆかせてしまったのは、愛《あい》してないからではありません。愛《あい》すればこそなんです。いつかあのひとが後悔《こうかい》するんじゃないかと、それがこわかったの――そんなことにはたえられない！　わたしのような素姓《すじょう》も知《し》れない人間《にんげん》が、かれのような家《いえ》からの人《ひと》と結婚《けっこん》するのは、まちがってるように思《おも》えたんです。

孤児院《こじいん》のことは、一ども話《はな》しません、自分《じぶん》がどこのだれだかわからないなんて説明《せつめい》するのは、わたし、いやだったんです。もしかすると、最低《さいてい》の生《う》まれかもしれませんものね。あのうちのひとたちは、自尊心《じそんしん》が強《つよ》いんです――ところが、わたしだってそうなんです！

それだけでなく、わたしはあなたに義理《ぎり》のようなものも感《かん》じました。作家《さっか》になるように教育《きょういく》していただいたじょう、すくなくともそうなる努力《どりょく》はすべきです。教育《きょういく》だけうけさせてもらって、はいさようならでは、どう考《かんが》えたっていんちきです。けれど、そろそろお金《かね》をおかえしできるまでになってきたのですから、いくらかは肩《かた》の荷《に》がおりたような気《き》がしています――それに、かりに結婚《けっこん》したとしても、作家《さっか》としてやってゆくことはできると思《おも》います。この二つの職業《しょくぎょう》は、かならずしも両立《りょうりつ》しないとはかぎりません。

このことは、ほんとにしんけんに考《かんが》えつづけてきました。もちろんジャーヴィーぼっちゃんは社会主義者《しゃかいしゅぎしゃ》だし、考《かんが》えかたも自由《じゆう》です。プロレタリアと結婚《けっこん》するのを、ほかの人《ひと》たちほどには、気《き》にしてないかもしれません。ふたりの人間《にんげん》が、なにからなにまでしっくりいって、いっしょのときはいつもしあわせで、はなれているとさびしければ、きっと、この世《よ》のどんなものにもふたりのあいだをさえぎらせるべきではないのでしょう。もちろん、わたしはそう信《しん》じたがっているんです！

でも、あなたの冷静《れいせい》なご意見《いけん》がうかがいたい。あなたもきっと、いい家《いえ》がらのかたでしょうから、たんに同情的《どうじょうてき》に見《み》ないで、もっと現実的《げんじつてき》な目《め》で見《み》てくださるでしょう――こんな問題《もんだい》をあなたのまえにもちだすなんて、わたしもなかなか勇敢《ゆうかん》なものね。

かりにあのひとのところへいって、問題《もんだい》なのはジミーじゃなくて、ジョン・グリーア孤児院《ホーム》なんですって説明《せつめい》したら――もうおしまいかしら？　すごく勇気《ゆうき》がいります。このまま一生《いっしょう》みじめな気持《きも》ちですごすほうがましだって考《かんが》えそうになるくらい。

これはもう二月近《つきちか》くもまえの話《はなし》、ここをたってから、あのひとはひとこともたよりをくれません。この心《こころ》のいたみにもなんとなくなれてきたところへ、ジュリアから手紙《てがみ》がきて、またすっかり気持《きも》ちをみだされてしまいました。その手紙《てがみ》には――話《はなし》のついでに――「ジャーヴィーおじさん」がカナダへ猟《りょう》にでかけ、ひと晩《ばん》じゅう外《そと》であらしに見《み》まわれ、それからずっと肺炎《はいえん》で寝《ね》こんでいると書《か》いてあったのです。

わたしは、そんなことちっとも知《し》らなかったの。ひとこともいわずにきえてしまったので、傷《きず》ついていたの。あのひともずいぶんみじめな気持《きも》ちだろうと思《おも》います。わたしがみじめなのはわかりきってます！

どうすればいいと、お考《かんが》えになりますか？

ジュディ

十月《がつ》六日《か》

すてきなあしながおじさん

ええ、うかがいますとも――来週水曜日《らいしゅうすいようび》、午後四時半《ごごじはん》。もちろん道《みち》はわかります。ニューヨークには三どいってるし、あかんぼうじゃないんですもの。ほんとにおあいできるなんて、信《しん》じられない――あんまり長《なが》いあいだ、あなたのことをただ頭《あたま》のなかでだけ考《かんが》えていたので、あなたが手《て》でさわれる、なま身《み》の人間《にんげん》だとは思《おも》えないくらい。

おじさま、あなたは最高《さいこう》にいいかた、おからだがわるいのに、わたしのことを心配《しんぱい》してくださるなんて。おだいじに、かぜなんかひかないで。このごろの秋《あき》の雨《あめ》は、とてもじめじめしてますから。

愛《あい》をこめて

ジュディ

追伸《ついしん》　いま、ふっと心配《しんぱい》になりました。お宅《たく》には執事《しつじ》がいる？　わたし、執事《しつじ》ってこわいの、執事《しつじ》が玄関《げんかん》のドアをあけようものなら、戸口《とぐち》で卒倒《そっとう》しそう。かれになんていえばいいの？　あなたはお名《な》まえを教《おし》えてくださらなかった。ミスター・スミスにおめにかかりたい、とでもいえばいいの？

木曜日《もくようび》の朝《あさ》

大《だい》すきな大《だい》すきなわたしのジャーヴィーぼっちゃんのあしながおじさんのペンドルトン・スミスさま

眠《ねむ》れた？　ゆうべ。わたしはだめ、一睡《いっすい》も。あんまりびっくりして、ドキドキして、まごまごして、しあわせすぎて。これからだって、もう二どと眠《ねむ》れそうにない――食《た》べられそうにない。だけどあなたは眠《ねむ》ったでしょうね、眠《ねむ》らなくちゃ。ね、そうすればはやくよくなって、わたしのところへきてもらえるわ。

あなたがどんなにわるかったか、考《かんが》えるのもこわい――おまけに、そのあいだじゅうちっとも知《し》らずにいたなんて。きのう、お医者《いしゃ》さまがわたしを車《くるま》に乗《の》せにおりてらしたとき、三日間《かかん》というもの、あなたはみんなに見《み》はなされていたのだと話《はな》してくれました。ああ、もしそんなことになってたら、わたしにとってこの世《よ》はやみになっていたでしょう。いつかは――遠《とお》い未来《みらい》に――ふたりのうちどちらかが、ひとりをのこしてゆかねばならないでしょう。でもそれまでには、すくなくともふたりはしあわせを味《あじ》わっているし、その思《おも》い出《で》といっしょに生《い》きてゆくこともできるわ。

あなたを元気《げんき》づけてあげるつもりで――自分《じぶん》を元気《げんき》づけなければなりません。夢《ゆめ》にも思《おも》わなかったほどしあわせになったかわりに、またわたしはいままでになくしんけんになったの。あなたになにかおこりはしないかというおそれが、影《かげ》のようにわたしの心《こころ》にとまっている。まえにはいつもわたしはうきうきして、のんきで、へっちゃらでいられた、だってかけがえのないものなんてなにももってなかったから。

それなのにいまは――これから一生《いっしょう》のあいだ、わたしは大心配《だいしんぱい》のしどおし。はなれているときはいつも、あなたが自動車《じどうしゃ》にひかれやしないかとか、看板《かんばん》が頭《あたま》におっこちやしないかとか、うようよしてるおそろしいばいきんをのみこみやしないかとか、そんなことばかり考《かんが》えるでしょう。わたしの心《こころ》の平和《へいわ》は、永久《えいきゅう》にうしなわれた――でもいずれにせよ、平々凡々《へいへいぼんぼん》たる平和《へいわ》なんてたいしてすきじゃない。

どうかはやくよくなって、はやく――はやく――はやく、あなたをそばにおいて、手《て》でさわって、実在《じつざい》の人《ひと》かどうかたしかめたい。いっしょにいたあの短《みじか》い三十分《ぷん》のすてきだったこと！　夢《ゆめ》じゃないでしょうね。せめてわたしがあなたの親《しん》せきのひとりだったら（またいとこのまたいとこでも）、まい日《にち》まい日《にち》お見舞《みま》いにいって、本《ほん》を読《よ》んであげたり、まくらをふかふかにしてあげたり、おでこのちっちゃな二本《ほん》のしわをのばしてあげたり、口《くち》のはじっこを上《うえ》にまげて、すてきなうれしそうなほほえみにしてあげたりできるのに。

でももう元気《げんき》ね？　きのう、さよならしたとき、そうだったもの。お医者《いしゃ》さまは、わたしのことを、きっといい看護婦《かんごふ》さんにちがいない、ペンドルトンさんは十も若《わか》がえったみたいだと、いいました。愛《あい》しあうとだれでも十も若《わか》がえるんじゃこまるわ。わたしがたった十一の女《おんな》の子《こ》になっても、あなたはまだわたしを愛《あい》してくださる？

きのうはあとにもさきにもないような、ふしぎなすばらしい日《ひ》でした。九十九まで生《い》きるとしても、きのうのことはどんなこまかいことも、けっしてわすれはしないでしょう。夜明《よあ》けにロックウイローをたったむすめは、夜中《よなか》にかえってきたむすめとは、まったくの別人《べつじん》でした。

センプルさんの奥《おく》さんが四時半《じはん》におこしてくれました。まっ暗《くら》ななかで、はっと目《め》をさまして、さいしょに頭《あたま》にうかんだのは「あしながおじさんにあいにゆくんだ。」ということでした。台所《だいどころ》で、ろうそくの光《ひかり》で朝《あさ》ごはんを食《た》べ、それから駅《えき》まで八キロ、かがやきにみちみちた十月《がつ》の紅葉《こうよう》のなかを馬車《ばしゃ》を走《はし》らせました。とちゅうで日《ひ》がのぼり、サワモミジやミズキは赤《あか》にオレンジにはえ、石垣《いしがき》やトウモロコシ畑《ばたけ》はまっ白《しろ》な霜《しも》できらきらとかがやき、空気《くうき》ははだをさすように冷《つめ》たく透明《とうめい》で、希望《きぼう》にあふれていました。

わたしにはわかってた、なにかがおこるということが。汽車《きしゃ》に乗《の》ってるあいだじゅう、レールは「あいにゆくんだ、あしながおじさんに。」とうたいつづけ、それがわたしを安心《あんしん》させてくれるのでした。おじさまには万事《ばんじ》よくしてくださる力《ちから》があると、わたしは信《しん》じてました。そしてどこかで、もうひとりのひと──おじさまよりももっとたいせつなひと──がわたしにあいたがっていて、なんだかこの旅行《りょこう》のおわるまえに、きっとそのひとにもあうにちがいないというような感《かん》じがしていました。そして、どうでしょう！

マディスン・アヴュニューのお宅《たく》へついたときには、あんまり大《おお》きくて茶色《ちゃいろ》で、近《ちか》づきにくいようで、思《おも》いきってはいってゆくことができませんでした。そこで、勇気《ゆうき》をだすために、その一画《いっかく》をひとまわり歩《ある》きました。でも、ちっともこわがることはなかった。

あなたの執事《しつじ》は、とても感《かん》じのいい、おとうさんみたいな老人《ろうじん》で、わたしはすぐに気《き》がらくになりました。「アボットさんですか?」といわれて、わたしは「そうです。」といいました。だからけっきょく、ミスター・スミスにおめにかかりたいなんていわずにすんだわけ。執事《しつじ》は、応接間《おうせつま》で待《ま》つようにといいました。とてもくすんで、どうどうとしてて、男《おとこ》っぽいへやでした。大《おお》きな皮《かわ》ばりのいすのはじっこに腰《こし》かけて、わたしは自分《じぶん》にいいつづけました。

「あしながおじさんにあうんだ! あしながおじさんにあうんだ!」

ほどなく執事《しつじ》がもどってきて、どうぞ書斎《しょさい》のほうへおいでくださいといいました。わたしはあんまりわくわくして、ほんとにまったく、やっとのことで歩《ある》いてゆきました。ドアの外《そと》でふりむいて、執事《しつじ》はささやきました。「だんなさまはたいそうおわるかったのです。きょうはじめて、おきあがってもよいと、おゆるしがでたばかりで。あんまり長《なが》くはおいでにならないのでしょうね、興奮《こうふん》なさいますので。」そのいいかたで、主人思《しゅじんおも》いなのがわかりました――わたしはいいひとだなと思《おも》いました。

それからノックして、「アボットさんでございます。」といいました。わたしはなかへはいり、うしろでドアがしまりました。

こうこうとあかりのついた廊下《ろうか》からはいってきたので、あんまりうす暗《ぐら》くて、ちょっとのあいだ、なにも見《み》わけがつきませんでした。それから、暖炉《だんろ》の前《まえ》の大《おお》きな安楽《あんらく》いすと、つやつや光《ひか》ったティー・テーブルとそのそばの小《ちい》さないすとが見《み》えました。そして気《き》がついてみると、その大《おお》きなほうのいすに、男《おとこ》のひとが背《せ》なかにまくらをあてがい、ひざに毛布《もうふ》をかけてすわってました。わたしがとめようとするまえに、そのひとは立《た》ちあがって――いくらかふらふらしながら――いすの背《せ》でからだをささえて、なにもいわずに、じっとわたしを見《み》つめました。――それから――それはあなただった！ でもまだなにがなんだかわからなかった。おじさまが、びっくりさせようとして、あなたをよんだのかと思《おも》った。

するとあなたはわらって、手《て》をさしのべていったわ。

「かわいいジュディ、ぼくがあしながおじさんだったのがわからなかったの？」

そのしゅんかん、はっとわたしは気《き》がついたの。ああ、だけどわたしはなんてばかだったんでしょう！ ちょっとでも頭《あたま》をはたらかせたら、百《ひゃく》もの小《ちい》さなことがそれと気《き》づかせてくれたのに、とても名探偵《めいたんてい》にはなれないわね、おじさま――ジャーヴィー？ なんてよべばいいのかしら？ ただジャーヴィーだけでは、失礼《しつれい》にきこえる。あなたに失礼《しつれい》なことなんかできないわ！

お医者《いしゃ》さまがみえておいだされるまで、ほんとにたのしい三十分《ぷん》だった。すっかりぼうっとしてしまって、駅《えき》へついたとき、もうすこしでセントルイスゆきに乗《の》るところ。あなただって、そうとうぼうっとしてたわ。わたしにお茶《ちゃ》をだすのをわすれてらした。だけど、ふたりとも、とてもとてもしあわせだったわね。まっ暗《くら》になってから、馬車《ばしゃ》でロックウイローにかえりました――だけどああ、星《ほし》のきらきらしてたこと！

そしてけさ、コリンを連《つ》れて、あなたとわたしがいっしょにいったところを、のこらず見《み》てまわりながら、そのときあなたのいったことや、そのときのあなたの顔《かお》を思《おも》いだしてみました。きょうの森《もり》は、みがきあげた青銅《せいどう》のよう、そして空気《くうき》はこおるような冷《つめ》たさ。登山日和《とざんびより》よ。あなたがここにいて、いっしょにあの山《やま》やまにのぼればいいのに。あなたがいなくて、さびしくてたまらないの、ジャーヴィー。でも、しあわせなさびしさ、もうすぐいっしょになれるのだから。わたしたちはこんどこそほんとうに、うそじゃなく、そんなふりをするんじゃなく、おたがいのものになったのね。わたしがとうとう、だれかのものになったなんて、へん？　とてもとてもあまい気持《きも》ちだけど。
これからは、けっして、たとえ一秒間《いちびょうかん》だってあなたを悲《かな》しませたりはしません。

いつまでも　いつまでもあなたの

ジュディ

追伸《ついしん》　生《う》まれてはじめての愛《ラヴ》の手紙《・レター》。書《か》きかたを知《し》ってるなんて、おかしいでしょう？

本書の訳文は、一九六七年に河出書房より刊行された『少年少女世界の文学13』に収録された「あしながおじさん」を底本として、翻訳者である谷川俊太郎氏があらためて全文に目を通し、その一部を改訳したものです。

あとがき

わたしは岸田衿子さんに文章の指摘をうけたことがある。「ここは、「よみがえる」よりも「戻る」のほうがいい」といわれた。なんでもないような指摘だが、それ以来わたしは文章を飾ったことはない。あ、これは『赤毛のアン』のことだった。その時点ではもう『赤毛のアン』の翻訳はできていたのか知れない、このことは先に出した本のことだから、これ以上は書かない。

孤児院にいたという経歴は、日本ではあまり自慢にはしない。ところがアメリカでは誇りにさえおもうらしい。『赤毛のアン』でそれはわかる。

孤児院の経験など問題にしていない。譬えはよくないが、アメリカにいる女性が何かの関係でロンドンの古本屋で本を探し始める。ところがこれがなかなかみつからない。女性は「どうしてそれがみつからないの」と言わぬばかりに、催促の手紙を出す。『チャリング・クロス街84番地――書物を愛する人のための本』（ヘレーン・ハンフ著・江藤淳訳）では手紙がいいえていて、それが快感になってくるというような本である。

あしながおじさんでも、いじけていないで言うべきことは言う。これが快感に聞こえるからふしぎである。

アメリカの大学で私の『旅の絵本』(アメリカ編)の中に、何が書かれているかを徹底的に調べたクラスがあった。その時『あしながおじさん』の本の中から引用したものがある。うろ覚えだが家の扉に書いた。この著者も絵を描くのだ。

著者(ここでは私のこと)は何でも知っている、いろんなものが隠されている、それを見つけて(著者のレベルにまでいくのはたいへんだ)、そんな風に考えてくれるのはうれしいが、隠す方が見つけるよりも楽なのである。探す人は、『あしながおじさん』とこの絵本と二つともに詳しく見ていないと分からないことになる。

二〇一八年一〇月

安野光雅

ジーン・ウェブスター（一八七六―一九一六）

一八七六年、ニューヨーク州フリードニア生まれ。大学では英文学と経済学を学ぶ。在学中に社会事業に関心を持ち、孤児院などを訪問、文筆活動に入る。父は出版社経営。母はマーク・トウェインの姪。結婚して、翌年に女児を出産するがその直後、産褥熱により三九歳の若さで他界する。代表作は、『あしながおじさん』『続あしながおじさん』。

谷川俊太郎

一九三一年東京生まれ。詩人。一九五二年第一詩集『二十億光年の孤独』を刊行。一九六二年「月火水木金土日の歌」で第四回日本レコード大賞作詞賞、一九七五年『マザー・グースのうた』で日本翻訳文化賞、一九八二年『日々の地図』で第三四回読売文学賞、一九九三年『世間知ラズ』で第一回萩原朔太郎賞、二〇一〇年『トロムソコラージュ』で第一回鮎川信夫賞受賞。詩作のほか、絵本、エッセイ、翻訳、脚本、作詞など幅広く作品を発表。特に詩作品は英語、フランス語、ドイツ語、スロバキア語、デンマーク語、中国語、モンゴル語など各国で訳されている。ディック・ブルーナ装画による詩集『バウムクーヘン』など、著書多数。

安野光雅（一九二六―二〇二〇）

一九二六年、島根県津和野町に生まれる。BIB金のリンゴ賞（チェコスロバキア）、国際アンデルセン賞などを受賞。一九八八年紫綬褒章、二〇〇八年菊池寛賞、他を受賞。二〇一二年、文化功労者に選ばれる。主な著作に『ふしぎなえ』『旅の絵本』シリーズ（全八巻）」（福音館書店）、『本を読む』（山川出版社）、『小さな家のローラ』『森のプレゼント』『赤毛のアン』（小社刊）などがある。二〇〇一年、津和野町に「安野光雅美術館」、二〇一七年、京丹後市の和久傳の森に「森の中の家 安野光雅館」が開館。

あしながおじさん

二〇一八年一二月一〇日　初版第一刷発行
二〇二三年一一月三〇日　初版第三刷発行

作　ジーン・ウェブスター
訳　谷川俊太郎
絵　安野光雅
発行者　小川洋一郎
編集　仁藤輝夫
発行所　株式会社朝日出版社
〒一〇一-〇〇六五
東京都千代田区西神田三-三-五
電話〇三-三二六三-三三二一（代表）
印刷・製本　大日本印刷株式会社

ISBN 978-4-255-01090-8